ハヤカワ文庫 SF
〈SF1907〉

宇宙英雄ローダン・シリーズ〈452〉

ムルコンの城

クルト・マール
林 啓子訳

早川書房
7205

PERRY RHODAN
DER QUELLMEISTER
MURCONS BURG

by

Kurt Mahr

Translated by
Keiko Hayashi
First published 2013 in Japan by
HAYAKAWA PUBLISHING, INC.
This book is published in Japan by
arrangement with
PABEL-MOEWIG VERLAG GMBH
through JAPAN UNI AGENCY, INC., TOKYO.

目次

ムルコンの城

登場人物

パンカ＝スクリン………ルーワー。泉のマスター
バーネット＝クプ………ルーワー。《ゴンデルヴォルド》船長
バシル＝フロント………ルーワー。《ライナムール》船長
ケルム＝ツァコル………ルーワー。《センセナイレ》船長
ヴァジラン………………ツァフール。テクノ・ソナー兄弟団のリーダー
オクリドン
スツァロ }……………ツァフール。ヴァジランの副官
ボロンツォト……………ツァフール。真正ツァフール兄弟団の王
ガルロッタ………………ツァフール。全姉妹団の女王
サルサパル………………ツァフール。独立姉妹団のリーダー
プリット…………………ツァフール。サルサパルの副官
ツルマウスト……………ツァフール。地下帝国の支配者
セレナ……………………ツァフールの盲者。ツルマウストの側女
シグナルド………………ツァフールの盲者。泉のマスターの世話係
アークアロヴ
イリット }……………ツァフールの始祖

泉のマスター

クルト・マール

プロローグ

バーネット＝クプは、《ゴンデルヴォルド》の楕円形の司令スタンド中央にある自席にいた。重要な出来ごとが目前にさしせまったのは、かなり前からわかっている。それでも、目の前の受信機のスクリーンが明るくなり、泉のマスターのシンボルがあらわれたときには、思わず身をすくませた。

「お話しください、賢者よ！」と、畏敬の念をこめて声をかける。

シンボルはそのままだ。崇高なる泉のマスター……パンカ＝スクリンが部下と話すとき、その必要があると本人がみなさないかぎり、姿を見せない。

「きたるべき瞬間が訪れた」おちついて豊かな声が、受信機から響きわたる。「すでにシグナルを特定したのだ。いまこそ、わが船は船団カイラクオラをはなれ、種族全員の目標に向かう」

バーネット＝クプは思わず、司令スタンドの天井に埋めこまれた大きな探知スクリーンを見あげた。自席のななめ上方にはりだしたスクリーンに、三十七のリフレックスがうつっている。《ゴンデルヴォルド》とともに、泉のマスターの船団カイラクオラを形成する、ルーワー船の群れだ。リフレックスのひとつはとりわけ強い。これが《リーステルバアル》……泉のマスターの乗る指揮船で、カイラクオラにおける、最大かつ最古の船である。

バーネット＝クプは、泉のマスターの下位指揮官のひとりで、《ゴンデルヴォルド》船長を兼ねていた。〝きたるべき瞬間〟の重要性を、実現態意識の奥底まで感じながらも、奇妙な思いがある。はるか昔から同胞とともに、ただひたすらこの瞬間を待ちつづけてきたはずだが、決定的瞬間が目前にさしせまったいま、勝利感というよりは不安をおぼえるのだ。

カイラクオラは現在、物質の泉のごく近くにあるはず。泉の彼岸には未知の勢力がひそむ。何世代にもわたり、ルーワーを追跡してきた者たちだ。先手を打ち、敵を無害化するためには、物質の泉をぬける道を見つけなければならない。そこに種族の運命がかかっていることは、バーネット＝クプも知っていた。同時に、物質の泉の彼岸の勢力について、学んだことを思いだす……

この未知勢力は、カイラクオラの接近にとうに気づき、泉のマスターの船を、宇宙の火の玉に変える準備をととのえているかもしれないのだ。そうでないと、だれが保証できるものか！

「恐れにおののいているな、バーネット＝クプ」と、泉のマスターの声。「だが、いっておく。この瞬間、わが使命は、物質の泉の正確なポジションを見つけだすことと、同胞が〝鍵〟を保管した場所に船団を導くこと以外にない。その鍵で、物質の泉をとおりぬける道が開かれる。きみは、わが部下のうち、もっとも才能あるひとりだ。そのきみが、この決定的瞬間に、わたしが種族の使命に逆らうことを望むのかね？」

「そのようなことを望む者など、いません！」と、応じた。

「ならば、安心して出発しよう」泉のマスターがおだやかな声でいう。「きみが恐れる理由はわかる。それでも、ルーワー種族の運命を定める力に、わたしは守られるだろう」

このような決まり文句には、こう答えるしかない。

「それこそ、われらが望みです！」

数秒後、泉のマスターの船が動きはじめたようすを、バーネット＝クプは探知スクリーンで確認した。

＊

泉のマスターは、《リーステルバアル》の自室で、こみあげる興奮をおさえていた。実現態意識の深部を活性化させ、物質の泉について考えを集中させる。

パンカ＝スクリンは非常に長身で、強靭な肉体を持つ。一般的に、ルーワーの年齢を推測するのは困難だが、この男の場合はとりわけそうだ。自身の年齢をとうに忘れてしまったほど、高齢なのである。泉のマスターとして、ルーワー社会の最高位に君臨するため、上位階級に属するほかのメンバー同様、平均的ルーワーよりも格段に寿命が長い。

集中して考えをめぐらすうちに、〝スクリ＝マルトン〟が震え、脈動しはじめるのを感じた。スクリ＝マルトンとはルーワー語で、〝泉の小屋〟の意味だ。これは、高さ五センチメートルほどの半球型器官で、ルーワーの腎臓型胴体の上方、頭部を形成する隆起の裏側にある。

スクリ＝マルトンを持つのは、泉のマスターのみ。この奇妙な器官は、生まれながらにそなわったものではない。泉のマスターという名誉ある地位についたルーワーが、身体的発展を遂げた結果、出現するのだ。パンカ＝スクリンも〝泉の小屋〟を、正しいやり方で……実現態による熟考と、物質の泉をもとめて長く瞑想を重ねてきたことによって……獲得したのである。

ルーワーは数百万年来、物質の泉を探しもとめてきた。それがごく近くに存在することをしめすサインは、三つある。スクリ＝マルトンの脈動は、そのうちのひとつだ。ふだん、実現態思考のさいに反応するときよりも、格段に速くはげしく脈動している。まるで、スクリ＝マルトン自体が、みずからの意志で興奮しているかのように。

これが最初のサインだった。はじめてそう認識したとき、パンカ＝スクリンはただちに第二、第三のサインを探したもの。三つのサインが同時にあらわれてはじめて、ゴールが近いと確信できるから。

第二のサインを探すため、一連の高感度センサーを作動させるよう命じた。これらのセンサーにより、重力場のスペクトルをこえた領域にあるハイパーエネルギー性シグナルを受信し、記録・分析することができる。物質の泉が近くにあれば、この種のシグナルを受信するはず……むろん、泉が活動状態にあるとしてだが。そして、苦労のすえ、ようやくハイパー放射の存在が確認された。

ルーワーの高度技術をもってしても、ハイパー・スペクトルの最高周波領域でのごく弱いシグナルを捕捉するのは、困難をともなう。探知については不可能だし、シグナルが発せられた方向もわからない。求めるシグナルをほんとうに捕捉したのか、パンカ＝スクリンは確信が持てずにいた。

はてしない宇宙には、多くの物質の泉が存在する。だが、ルーワーにとり重要なものは、そのうちひとつだけ。それが特別な性質を持つのである。ほかの多くの泉のように散発的にではなく、一定間隔でインパルスを放射するから。この長さはよく知られている。ルーワーの九本塔建造物は、すなわちこれと同じ間隔で、宇宙をつらぬく標識灯信号を発しているのだ。

計測作業は数週間にわたった。そこでようやく、泉のマスターは第二のサインを見つけたと確信。センサーは毎回、弱いハイパーエネルギー性シグナルを数分だけ受信し、沈黙する。その後、一定時間が経過してから、ふたたびシグナルをとらえるのだが、この間隔が、ルーワーの九本塔建造物が信号を発するものと同じだったのである。つまり、テラ標準時間で二十三時間十八分。

これが証拠だ！　第二のサインということ！

ふたつのサインがそろえば、ある程度の確信が持てる……昔、いまより多くの泉のマスターが輩出されていたころは、賢者がそのように教えたもの。それでも、当時の捜索はうまくいかなかった。ルーワーは、物質の泉の彼岸に住まう冷酷な存在から、逃げるだけで精いっぱいだったから。

これまで得られたサインについて、パンカ＝スクリンは、カイラクオラ船団のほかの船はおろか、《リーステルバアル》の乗員にさえ伝えずにいた。泉のマスターたるもの、確信を持ってこそ、はじめて認識を明らかにすべきと考える。いらだちと興奮をおさえこみ、賢者の教えを肝に銘じて、第三のサインを探すのだ。

物質の泉は、宇宙のどこにも発生しないような、めずらしい性質を持つ宙域に存在する。これはルーワーの科学において、はるか昔から知られていた。その種の特殊な性質を計測できるよう、ルーワーの専門家が装置を開発したもの。探しもとめる物質の泉が存在すれば、その近傍宙域で、基準とはずれた特殊な状況がいくつか見られるはずなのである。これが第三のサインだ。

パンカ＝スクリンは数カ月を費やし、これらをひとつひとつ検証した。

こうして、ようやく確信にいたる。三つのサインがすべてそろったのだ。目標は間近に迫ったということ。カイラクオラの全船にこれを告げ、そのあとすぐに、自身の代行とみなすバーネット＝クプと重要な会話をかわしたのであった。

＊

宙域の特徴を計測することで、道がしめされた。《リーステルバアル》はカイラクオラをはなれ、漆黒の宇宙につきすすむ。

パンカ＝スクリンは自室から巨船を完全にコントロールできるのだが、そうすることはめったにない。というのも、船の制御にはかなりの集中力が要求されるから。泉のマスターには、ほかに頭を働かせるべき重要案件がつねにあったのだ。

もっとも、今回は用心深く進まなければ。物質の泉が存在する方向の見当はつくが、距離がわからないから。ここからは、スクリ＝マルトンだけがたよりだ。目標に近づけば近づくほど、はげしく震えるだろう。

次の数日間、パンカ＝スクリンはつねに瞑想状態ですごした。なにも食べず、動こうともせずに。いっしんに思考を物質の泉に集中させ、《リーステルバアル》をそこに向かわせる。短い遷移をくりかえすにつれ、〝泉の小屋〟の脈動は、しだいに活発になっていった。

あえて船の周囲を確認することはしない。自室の大型スクリーンのスイッチは切ってある。広大な宇宙が視界にはいれば、瞑想が妨げられるだろうから。ひたすらスクリ＝マルトンだけをたより、ほかのなにもあてにしないと決めていた。

やがて、決定的瞬間が訪れる。

《リーステルバアル》が三光年ほどの遷移を終えたときのことだった。制御表示装置が遷移終了を告げたとたん、スクリ＝マルトンの脈動がわずかに弱まったのを感じて、ただちに遷移を逆行させる。《リーステルバアル》は、直前のジャンプ・ポジションにもどった。泉のマスターは、瞑想をただちに中断。ふたたび、スクリ＝マルトンがはげしく脈動するのを感じたのだ。そこで、大型スクリーンのスイッチをいれ、あたりを見まわす。

パンカ＝スクリンは考えていた……目標に到達したという絶対的な確信を得るには、三つだけでなく、第四のサインが必要だと。

それについては、まだだれにも話したことがない。だが、泉のマスターは知っていたのだ。種族が探しもとめる物質の泉の近傍に、〝強者の城〟と呼ばれるものが存在することを。目標に到達したと確信するためには、この城のシュプールを見つけることが重要である。

ところが、運命はパンカ＝スクリンに味方しなかった。〝強者の城〟……すなわち、宇宙の城が見つからないのだ。不思議である。なぜ、城を探知できないのだろう。説明がつかない。

とはいえ、自制力にすぐれたパンカ＝スクリンが、この失敗によって任務をあきらめることはなかった。第四のサインは、みずから思いついたものだから。泉のマスターの任務にとり、重要なのは、伝承による三つのサインだけだ。

そのどれもが確認されたのだから、特定の物質の泉が見つかったということ。

《リーステルバアル》はカイラクオラにもどった。まず、船団メンバーに、目標に到達したと報告。それから、宇宙のいたるところに離散したルーワーに向け、六次元ベースによるハイパー通信を介して知らせたのである……長いあいだ、種族が探しもとめてきた物質の泉を、泉のマスターがとうとう見つけたことを。

＊

六次元ベースによるパンカ＝スクリンのメッセージは、宇宙の深淵までとどき、ルーワーの強大な物流システムを作動させた。ついに見つかった物質の泉へと大移動をはじめる前に、すべきことが山ほどあるのだ。準備がととのうまで、数年はかかるにちがいない。泉のマスターは、カイラクオラを一銀河群からはなれた虚無空間に移動させ、そこで待機することにした。

それにしても、気にかかることがひとつある。宇宙の城を見つけられなかったことだ。そのため、さらに高感度で広範囲におよぶ探知機を開発するよう、科学者たちに命じた。こうして、物質の泉が存在する宙域にはじめて到達してから、地球暦で二年が経過。泉のマスターは、ふたたび捜索に向かった。二年前に《リーステルバアル》を見送った同じポジションまで、カイラクオラが護衛する。船団のルーワーたちは、パンカ＝スクリンの目的がなんであるかを知らされた。泉のマスターは、宇宙の城を見つけようとしているのだ。

三つのサインは依然として健在である。つまり、物質の泉はまちがいなく、この宙域にあるということ。光学的にとらえられなくとも、かまわない。泉の周囲ではハイパーバリー嵐が生じるため、従来の視覚ではとらえられないのだ。さらに大きなエネルギー噴出が起きれば、見えるようになるだろう。

泉のマスターは興奮につつまれた。実現態意識で自制しようとするが、そうかんたんにはいかない。数分もすれば、宇宙の城を目にできるかもしれないのだから。そこに、最終世代の強者……ケモアウク、ガネルク、ムルコンといった伝説の男たちが住んでいたのだ。

《リーステルバアル》の周囲には漆黒の宇宙がひろがる。遠く暗闇のなかに、ぼんやり漂う光点を、パンカ＝スクリンははるかな銀河ととらえた。もっとも、宇宙を精査するのに、頭部にあたる〝隆起器官〟についたセンサーだけでは不充分だ。光のない宇宙では、視覚器官の能力を発揮できる機会はほとんどない。そこで、科学者たちにつくらせた高性能計測装置のスイッチをいれた。これで、宇宙の暗闇をなんなく見とおせるはず。まもなく、最初の計測結果がとどく。はじめは、装置が故障したのだと思った。なにひとつ、まったく発見できなかったのだ。だが、実現態意識がただちに告げる……《リーステルバアル》に組みこまれた計測テクノロジーに欠陥があれば、とうに警告があったはずだと。

それでも、ふたたび計測を試みる。かれのような立場の者には、ふさわしくない行動だったが。泉のマスターの地位にあるルーワーたる者、実現態意識の洞察を無視してはならないのである。つねに行動の指針として、役だてるべきものだから。

もっとも、パンカ＝スクリンは、すでに自制を失っていた。数百万年来、同胞が探しもとめてきた物質の泉を、ついに探しあてたのである。にもかかわらず、物質の泉の近傍に存在するはずの宇宙の城が、見つからないとは！

あきらめることはできない。計測装置を調整しなおすと、縦軸を中心に巨船を回転させ、あらたに計測をはじめた。だが、何度くりかえしても、結果は同じ。《リーステルバアル》近傍には、なにも存在しない。肉眼で見るのと同様……虚無である。

泉のマスターは絶望にかられた。これまで一度も経験したことのない感情だ。

宇宙の城を探すのは、城そのものが目的ではない。物質の泉へと大移動するさい、特殊な探知・警告装置が必要となる。この装置は太古の昔から〝目〟という名で知られ、決定的瞬間がくるまで、遠くはなれた異銀河にかくされてきた。ところが、伝承によれば、いまの状態の〝目〟は完全体ではないらしい。その欠けているパーツを、宇宙の城で探す必要があるわけだ。

そのまま、数日が経過。《リーステルバアル》の乗員たちは、疑問をいだきはじめた。これほど長いあいだ沈黙するとは、尊敬する泉のマスターの身に、なにがあったのだろうかと。

やがて、あることが起きた。それにより、パンカ＝スクリンは、実現態意識をどう用いるよりもすばやく、おのれが危険な状態にあることを認識する。この数日間というもの、スクリ＝マルトンがさらにはげしく脈動するようになり、痛みが増しているのだ。

〝泉の小屋〟が異常なようすを見せるのは、ふたつの状況が重なった結果であろう。ひとつは、三サインがそろい、探しもとめる物質の泉が《リーステルバアル》近傍にたしかに存在するとわかったこと。もうひとつは、おのれがふがいなくも、非実現態的な心の動きにしたがってしまったこと。

そこで、泉のマスターの責任感が目ざめた。おのれの能力こそ、ルーワー種族のもっとも重要な財産のひとつである。物質の泉を探しだす任務をはたしたとはいえ、自分自身を……同胞種族のためにのみ存在するおのれの能力を……これ以上、危険にさらすわけにはいかない。

物質の泉が存在すると思われるこのポジションからはなれなければ。迫りくる危険を知らせる警戒心が、ショックのように作用し、突然、実現態思考がふたたび機能しはじめたのを感じる。

パンカ＝スクリンは乗員に命じ、待機するカイラクオラに向けて、《リーステルバアル》を後退させた。

1

《リーステルバアル》が船団を離脱してからというもの、バーネット＝クプは《ゴンデルヴォルド》の司令スタンドをはなれずにいた。食事も休養もとっていない。思いは、つねに泉のマスターのもとにある。運命の力に対して祈りつづけることで、パンカ＝スクリンが成功をおさめ、宇宙の城のポジションを発見できるといいのだが……それだけが望みであった。

制御コンソールの奥、ひろくはりだしたシートに一日じゅうすわりつづけ、身じろぎもしない。その姿を見た者は、バーネット＝クプこそルーワー種族の新リーダーだと知るだろう。《ゴンデルヴォルド》の若い指揮官は、なににも惑わされることなく、実現態による瞑想に没頭した。食事や休息を欲する生理的要求の影響さえうけずに。

そのまま二週間が経過したころ、《リーステルバアル》が帰還した。事前通告もなく、突然、虚無から再物質化したのである。指揮船は離脱したときと同じポジションにもどった。ひろく散開したルーワー船団、カイラクオラと呼ばれる捜索船団のまんなかに。《リーステルバアル》帰還の知らせに、《ゴンデルヴォルド》やほかの船内では、にわかに緊張が高まった。興奮していないのは、幹部乗員、艇長、副長……そして、船長だけである。興奮したところでパンカ＝スクリンからの結果報告が早まるわけではないと、賢明にもわかるのだ。深層の実現態意識が発達しているので。

バーネット＝クプのようすからは、《リーステルバアル》の帰還に気づいたかどうかさえわからない。二週間前からずっと、同じ姿勢で制御コンソールの前にすわったままだ。隆起器官のつけ根にある〝感覚柄《かんかくへい》〟がわずかに動いていなければ、寝ているかと思うほど。だが、その動きで眠っていないとわかる。

スクリーンが明るくなってはじめて、バーネット＝クプは姿勢を変え、立ちあがった。楕円形の司令スタンド一帯はしずまりかえり、司令室にいあわせたすべての乗員の視覚器官が、スクリーンに向けられる。決定的瞬間が訪れたのだ。

泉のマスターのシンボルがスクリーンにあらわれるのを、だれもが期待して待った。あるいは、パンカ＝スクリン本人の姿なら、なおいい。実際に物質の泉を発見したのであれば、重要な瞬間ではないか。シンボルではなく、泉のマスターみずから姿をあらわし、部下に話しかけるのがふさわしい。

スクリーン上の輪郭がはっきりしはじめると同時に、低くうめくような失望の声が《ゴンデルヴォルド》の司令スタンドを貫いた。あらわれたのは、パンカ＝スクリン自身でも、泉のマスターのシンボルでもない。

スクリーンにうつしだされたのは、プレウラン＝ヴァルトだ。《リーステルバアル》の最年長艇長である。しかも、つづく言葉に、歴史的な重要性はみじんもなかった。

「コース四をとるのだ！」と、明瞭な声が響く。「《リーステルバアル》のスタート・シグナルに注意せよ！　コース四の周波で、パルセーション飛行する！」

＊

バーネット＝クプはマシンのように冷徹に、命令を実行する準備にとりかかった。もっとも、プレウラン＝ヴァルトにしたがうわけではない。艇長であるプレウランは、おのれよりも下位にあるのだから。

とはいえ、《リーステルバアル》から発せられた命令となれば、カイラクオラに属する一船長がこれを拒否するのは、前代未聞だろう。指揮船内では、パンカ＝スクリンの豊富な英知がもたらす完璧な調和が支配している。《リーステルバアル》の乗員は全員、泉のマスターがとりきめたリズムで考え、行動するのだ。あのプレウラン＝ヴァルトが、パンカ＝スクリンの意図に反した命令を発するとは、とうてい考えられない。

〝コース四〟は、船載ポジトロニクスに記録されたデータの集合体だ。バーネット＝クプはそれらのデータを呼びだし、オートパイロットの記憶媒体に保存。同時に、該当する装置に待機命令を出し、特定シグナルを受信するまでのあいだ、オートパイロットを停止させる……すなわち、プレウラン＝ヴァルトが言及したスタート・シグナルが出るまで。

コース四として記録されているのは、方向と遷移の座標をしめすデータだけではない。飛行方法についての情報もふくまれる。

ルーワー船の恒星間移動を可能にするのは、いわゆる〝即時遷移〟の技術だ。即時遷移は一見、転送機によるジャンプとなにも変わらない。まるで、どの船もフィクティヴ転送機を搭載しているかのようである。さらなる遠距離移動になると、短い遷移を何度もつづけてくりかえすのだ。この種の移動は、パルセーション飛行と呼ばれる。パルセーションとは脈動のことだが、まさに脈動するような遷移メカニズムだから。

コース四と呼ばれるデータには、パルセーション周波と総パルセーション数がふくまれる。それにより、総移動距離が最終的に決まるわけだ。

コース四の具体的内容は、バーネット＝クプも知らない。根気よく待ちつづけると、コンソール上端のスイッチ・パネルの制御ライトが、明るいブルーに輝きはじめた。つまり、《リーステルバアル》がスタート・シグナルを発したということ。見あげると、全周スクリーンから、見なれた宇宙の映像が消えている。

カイラクオラはすでに動きはじめていた。パルセーション飛行がはじまったのだ。船内では、全周スクリーンの大画面になにもうつらないこと以外、《ゴンデルヴォルド》が超光速飛行中であることをしめすものはない。

バーネット＝クプはあたりを見まわした。司令スタンドは異常なし。乗員は配置についている。だが、その多くが陰鬱な思いにとらわれているとわかった。泉のマスターの沈黙から、感じとったのだろう……三つのサインがそろったにもかかわらず、物質の泉が発見できなかったことを。

乗員を鼓舞できそうなものはなにもない。バーネット＝クプ自身、失望がわきあがり、思考力を奪われそうになる。立ちあがって司令室を出ると、自室に向かった。

＊

バーネット＝クプは、沈黙と瞑想により自制をとりもどし、無用な感情をことごとく排除した。自室のスクリーンのスイッチをいれ、暗黒の宇宙を背景にひろがる星々の海を見つめる。なんなく、カイラクオラの全リフレックスをとらえた。はっきりと見えるが、星々にくらべれば、かすかな輝きだ。

パルセーション飛行の結果、船団は異銀河の中央へと導かれた。バーネット＝クプの意識に好奇心がわきあがる。なぜ、泉のマスターはこのコースを選んだのか？

司令スタンドを呼びだし、おのれの不在のあいだ、指揮にあたっていたルーワーにたずねる。《リーステルバアル》から、さらなる指示はなかったらしい。

いまこそ、行動に出るときだ。

自室には、さまざまな技術装置がそろっている。高性能通信機もある。万一の場合には、ここから《ゴンデルヴォルド》を操船できるのだ。そのうちの一スイッチをいれ、《ライナムール》の司令スタンドを呼びだした。

《ライナムール》は、その構造と年式から《ゴンデルヴォルド》の姉妹船とみなされている。指揮にあたるのは、バシル＝フロントだ。この男は、バーネット＝クプやケルム＝ツァコルとならび、カイラクオラにおけるもっとも有能な指揮官である。

すぐに連絡がとれた。バシル＝フロントは、船長用のコンソール前にすわっている。

「きみも、わたしと同じような懸念があるようだな」と、バーネット＝クプは声をかけた。

「同じ懸念をいだいただけではないぞ、友よ」バシル＝フロントが応じる。「きみから連絡があるはずだと思い、すでにケルム＝ツァコルに回線をつないである。会話に参加させてもかまわないか？」

バーネット＝クプは同意をしめした。受信機のスクリーン上の映像が分割され、バシル＝フロントの姿は左に移動し、右半分にケルム＝ツァコルがうつしだされた。カイラクオラの第一親衛指揮官三名のうち、バーネット＝クプは最年少だ。それでも、もっとも評判が高い。

「陰鬱な気分だな。原因はわかっている」と、バーネット＝クプは口を開き、「パンカ＝スクリンは宇宙の城を見つけたのか、見つけられなかったのか？　なぜ、われわれに対して沈黙を守っているのか？」

「だれにもその答えはわからない」ケルム＝ツァコルが応じる。「種族の大目標を達成したというのに、この沈黙は理解できないな。パンカ＝スクリンが物質の泉を発見したのは、疑いの余地がない。宇宙の城は、いわば〝おまけ〟だ。たとえ城を見つけられなくとも、それが仲間を遠ざけてしまう理由となるのか？」

「われわれが、この異銀河でなにを探すことになるのか、それに興味がある」バシル＝フロントが口をはさんだ。「コース四のデータを確認したところ、パルセーション飛行のあいだに、二千回以上の遷移をくりかえしたようだ。もとのポジションからの総移動距離は、一千万光年ほど。ここでなにをしようというのか？　なぜ、数時間前から低速でしか進んでいないのだ？　この銀河に、脅威となるような原住知性体は存在しないのか？」

「きみたちのどちらか、《リーステルバアル》に連絡をとってみたか？」バーネット＝

クプはたずねる。

「シグナルを送った」と、ケルム＝ツァコル。

「泉のマスターに向けたものだろう？」バーネット＝クプはいいかえし、「返事がこないことは、わかっていたはず」

「実際、そのとおりだが」ケルム＝ツァコルが不機嫌に応じる。

「わたしが、もう一度ためしてみよう」と、バーネット＝クプ。「たとえ、まわり道をしてでも、どうにかパンカ＝スクリンに接触しなければ。のちほど、結果をきみたちに連絡する」

反論もなく、通話は終了した。

＊

プレウラン＝ヴァルトは高齢だ。長いあいだ、泉のマスターの側近として仕えてきたため、その長寿の影響をうけたという噂があった。パンカ＝スクリンをのぞけば、《リーステルバアル》内で最高位のルーワーである。泉のマスターの船に副長はいないから。当然のことながら、船長はパンカ＝スクリン自身だ。

老艇長は、不安の念をかくそうともせず、

「申しわけないが、きみの助けにはなれそうもない、バーネット＝クプ」と、すまなそうな声で告げる。「わたし自身も、泉のマスターがなぜこのような奇妙なふるまいをするのか、わからないのだ。ただ、じゃまをするなと告げられただけで。カイラクオラは、現在のフォーメーションのまま飛行しつづけなければならない。ほかの船のだれも《リーステルバアル》にきてはならないそうだ」

バーネット＝クプは驚きをあらわに、

「その指示は、きみ自身が泉のマスターからうけたものなのか？」と、たずねた。

「いや、ちがう、友よ。ヘルクのニストルが、賢者の言葉として知らせてきた」

バーネット＝クプは考えこむ。ヘルクのニストルは、泉のマスターの腹心としてとおっていた。いくつかの独立したパーツからなるロボットで、ルーワー技術では多用されている。

「ニストルか。話すことができるかな？」若い船長はたずねた。

「無理だろう」と、プレウラン＝ヴァルトが応じる。「船の内部セクターにひっこみ、そこで泉のマスターの指示を待っているようだ」

バーネット＝クプは、次の言葉を口にするかどうか迷ったあげく、

「泉のマスターの身に、なにかあったと思うか？」と、たずねてみる。

ほっとしたことに、プレウラン＝ヴァルトは、ルーワーにとって微笑のようなものを浮かべて、

「いや、友よ。賢者はぶじだ。直接に会うことも、話をすることもできないが、元気でいるのはわかる。そのオーラが船にあふれているから！」

これほどの自信に対しては、もうなにも主張できなかった。疑念が払拭《ふっしょく》されたわけではないが、プレウラン＝ヴァルトに感謝の意を伝える。老艇長は否定するように手を振り、いった。

「きみの役にたつような情報は、なにも提供できなかったな、友よ。なぐさめのアドヴァイスでがまんしてほしい。パンカ＝スクリンは元気だ。この瞬間に賢者が考え、計画していることは、すべて種族の幸せのため。われわれはじっと待つしかない。そうすれば、泉のマスターがその英知をわけあたえてくれるだろう」

「それこそ、われらが望みだ」バーネット＝クプは決まり文句で応じる。

ところが、プレウラン＝ヴァルトはこれに賛同をしめさず、

「いや。それこそ、われらが確信だ！」と、訂正した。

2

同じころ、カイラクオラの現ポジションから遠くはなれた宙域で、ある出来ごとが起きていた。泉のマスターの船団に、直接的で不吉な影響をおよぼすものだ。

プラットフォーム上で、ふたつのシルエットが、ひと握りの星をちりばめた暗黒の宇宙を見つめている。巨大プラットフォームは、まるで惑星表面の平地だ。一端が、平地から宇宙に輪郭が高くつきでた構造物に固定されていた。その構造物は、ふたりの立つ場所からは、プラットフォーム上に積みあげられた岩、あるいは黒い金属塊に見える。構造物のはりだし部には、あちこちに照明がとりつけられ、プラットフォームに光を投げかけていた。地球の明るい月夜のようだ。

ふたりともヒューマノイドである。ひとりはじつに背が高く、衣服は曲線を描いて地面までとどき、色とりどりに輝いていた。まぎれもなく男だろう。背丈は二メートルにおよぶ。

背の高さよりも目をひくのは、その横幅である。太く短い頸は、まるで牡牛のようだ。

巨大な頭は豊かな毛髪におおわれ、数十に細かく束ねられた髪が、ハリネズミの針のように頭蓋をかこんでいる。腕は三本あり、一本は左肩の、もう二本は右肩のつけ根から伸びていた。

さらに見る者を驚かすのは、大きさが異なるふたつの目だろう。右目は子供のこぶしほどもあり、眼窩《がんか》からはみださんばかり。それに対し、左目はふつうの大きさである。色はそれぞれ異なるが、ほの暗いプラットフォームにいると、その差はほとんどわからない。ふたつの目は、それぞれ独立して動かすことが可能だ。

男はヴァジランという名で、テクノ・ソナー兄弟団のリーダーである。〝長兄〟とも呼ばれていた。

ヴァジランにくらべれば、その連れはほとんど小人のようだ。身長は一・五メートルたらずで、その三分の二を、一対のやせこけた脚が占める。上体も華奢《きゃしゃ》で、頭部に毛髪はない。顔の皮膚がぴんとはっているため、頬骨がせりだして見える。だが、不均整なからだのバランスはべつとしても、連れよりよほど人間らしい。腕が多すぎることもなく、両目も同じ大きさだから。

小人の名はオクリドン。長兄の副官四人のうちのひとりである。副官四人は〝次兄〟とも呼ばれる。

ふたりとも、宇宙の暗闇を注視したままだ。数秒前からヴァジランは、プラットフォームに近づいてくるシルエットふたつに気づいていた。その異様な目のかたちにもかかわらず、非常に視力がいいのである。

シルエットはしずかに宇宙を進んできた。近づくにつれて、巨大な物体だとわかる。ついに、プラットフォーム上部の光源が投げかける光の環のなかに浮かびあがった。同じかたちをした巨大構造物ふたつである。

「グレイの使者、二隻だ！」オクリドンが畏敬の念をこめ、ささやいた。

宇宙船のたぐいであるのはまちがいない。その二隻は、ふたりから数キロメートルほどはなれた、プラットフォームの先端に向かった。着陸直前、かすかな低い音をたて、灰色の船殻が数秒ほど青白い輝きにつつまれる。着陸のさいに必要なフィールド・エンジンの効果だ。

機体は卵型で、全長はどちらも五百メートル以上。巨大な船体はプラットフォーム面に完全に接地することなく、数メートルほどはなれている。エンジン音は弱まったが、完全に消えたわけではない。フィールド・ジェネレーターの働きにより、船体が浮かんだままの状態でたもたれているのだ。

オクリドンは長兄をうながすように見つめ、

「さて、船に向かいましょうか？」と、たずねた。

ヴァジランは同意をしめす。ふたりから遠くないところに、小型の円盤型機体があった。ヴァジランみずから操縦を担当し、近いほうの宇宙船に円盤を向かわせる。巨大な船体のほぼまんなかにきたところで、船の半分の高さまで機体を上昇させ、すばやく制御パネルを操作した。すると、巨船の船腹に十メートル四方ほどのハッチが出現。ヴァジランは、開口部の向こうにひろがる明るく照らされた空間に、円盤を進めた。そこで艇を降りる。

「なにをすべきか、わかっているな」と、オクリドンにいった。

「わかっていますとも」オクリドンが堂々と応じる。

「終わったら、ここにもどってくるのだ！」と、長兄は命令。

オクリドンは了解の意をしめすと、小型艇の操縦をひきつぎ、開いたハッチから外に向かった。まもなく、ハッチが自動的に閉じる。

ヴァジランは背を向けると、巨大な星間船内に進んだ。

数時間が経過し、テクノ・ソナー兄弟団の男ふたりは、ふたたび合流。ヴァジランがすでにハッチ奥のエアロック室で迎えを待っていると、次兄がもどってきた。ハッチが開き、小型の円盤艇がはいってくる。オクリドンは、まだ機体が停止しないうちに、急いで跳びおりると、

「長兄もなにか収穫がありましたか？」と、興奮しきったようすで叫ぶ。

「ああ、あったとも」ヴァジランは肯定した。「グレイの使者の一グループが、存在空

間と非存在空間の境界近くで、不審な飛行体を見つけたらしい」

「そう……存在空間の彼岸で！」オクリドンが熱心につけくわえる。「〝境界〟の向こう側だな」と、ヴァジラン。「われわれには、立ちいることのできない空間だ。そこに進めるのは、グレイの使者だけ」

オクリドンは興奮のあまり、一瞬、長兄に対する畏敬の念を忘れ、

「記録からわかったのは、それだけで？」と、ほとんど勝ち誇るようにいった。「それなら、わたしのほうが格段に収穫が多いですよ！」

次兄が熱くなるのも無理はない。ヴァジランはにこやかな笑みを浮かべた。右目はグリーンを帯びた虹色に輝き、左目は青く光る。

「どうやら、われわれ、同じものを見つけたようだな。グレイの使者の記録装置は非常に信頼がおける。まず、きみから話してくれ！　まだ、いいたいことがあるだろう？」

「グレイの使者は任務を忠実に履行しました」オクリドンは感激したように、「不審な飛行体の追跡を、用心深くつづけたようです。その結果、最初に発見されたポジション付近で、同種の飛行体からなる船団に帰還するのを確認しました。上位移動手段により、船団がただちに動きはじめたので、グレイの使者はひきつづき、そのシュプールを追跡中。そのさい、途中経過を報告するため、この両船を帰還させたわけです」

ヴァジランは表情を曇らせ、

「この二隻か、あるいはもっと多かったかもしれない」と、うなるようにいう。「派遣したグレイの使者が、すべてもどってくるわけではないから」

「そうかもしれませんが、重要なのは、グレイの使者が〝宿の主人〟を追跡しているという事実でしょう。ちがいますか？」

ヴァジランは、かたちが異なるふたつの目で、次兄の小柄な姿を気づかわしげに見つめた。

「宿の主人が見つかったと、本当に思うのか？」

「なぜ、そうじゃないといいきれるので？」オクリドンが声を荒らげる。「宿の主人のほかにだれが、存在空間と非存在空間の境界近くに出現するというのです？」

「きみの楽観主義があたっているといいのだが」ヴァジランはつぶやき、おもむろに円盤に向かった。「もどろう。ここにいると、いつも気味が悪くなる」

オクリドンが操縦し、小型円盤艇はエアロック室の外に出た。ハッチがふたたび自動的に閉まる。円盤が中速でプラットフォームの金属表面を移動するあいだに、巨大船二隻は上昇し、漆黒の宇宙に消えた。プログラミングどおりだ……とはいえ、その内容を、長兄自身はほとんど理解できないが。

オクリドンはプラットフォーム後方に円盤艇を向かわせた。そこには、テクノ・ソナーたちが〝大型宿〟と呼ぶ巨大建造物群がある。そこに機体を滑りこませたとき、突然、ヴァジランが口を開いた。

「そもそも、上位移動手段とはなにか、知っているか?」

3

さらに数日が経過した。バーネット＝クプは当初、ケルム＝ツァコルの助言により、おちつきをとりもどしたもの。それでも、パンカ＝スクリンからなんの連絡もないまま、時間が経過するにつれ、ふたたび不安にかられはじめる。

カイラクオラは適切な速度で異銀河を進んでいた。平穏な時間がすぎるにつれ、刻一刻と危険が増していく。ルーワー船団のせいで、この銀河に住む宙航士の好奇心と掠奪欲が、いつ喚起されるかわからないのだから。もっとも、カイラクオラの船が敵を恐れる必要はない。捜索船団なので、防御装置や攻撃兵器より計測機器のほうがはるかに多いが、高性能エンジンのおかげで、必要とあれば一瞬のうちに攻撃の手を逃れられるだろう。

問題は、攻撃をうけた瞬間、反撃するか撤退するかを決定できるのが、泉のマスターひとりだけだということ。カイラクオラは、パンカ＝スクリンの命令だけにしたがうのだ。これまでの数日間と同様、攻撃の瞬間も泉のマスターが沈黙を守れば、船団はとりかえしのつかない敗北に屈するだろう。たとえ、敵が未熟な技術しか保有していないとしても。

バーネット＝クプは、長い時間をかけ、この問題について充分に瞑想し、ある結論にいたった。いまのカイラクオラにおいて考えた場合、実現態哲学は決定的なもろさを持つ。つまり、不測の事態を考慮にいれていないのだ。ものごとが決まる瞬間には、いつでもパンカ＝スクリンがいるという前提にもとづいているから。

ここで、一連の考えをまとめてみる。《リーステルバアル》は、物質の泉の正確なポジションを見つけるため、カイラクオラをはなれ、二週間ほどのちに船団にもどった。その間に、多くの出来ごとがあったのだろう。

パンカ＝スクリンが実際に物質の泉を見つけたことは、指揮船をつつむ泉のマスターのオーラから明らかだ。伝承どおりなら、その影響領域にいれば老化プロセスが進まないというが、このオーラがあれば、泉のマスターが存命だということも確信できる。

とはいえ、もしも、カイラクオラと利害が相反する異勢力に捕らわれているとしたら？　二週間にわたる捜索のあいだに、ルーワーの敵となりうる異生物が、船内に侵入したとは考えられないか？　パンカ＝スクリンのような男が、そのような状況を招くほど軽率な行動をとるとは考えられないが、すべてを考慮にいれなければ。

もうひとつの可能性については、そもそも考えられない。とはいうものの、現在の緊急事態を分析するには、ひるんでいてはいけないのだ。たとえ、そのために無理やり、非実現態的な考え方をしなければならないとしても……

ひょっとして、《リーステルバアル》船内で反乱が起きたのだろうか？

＊

「それは考えられない！」ケルム＝ツァコルとバシル＝フロントが同時に断言する。

「わたしもだ」と、バーネット＝クプ。「それでも、あらゆる可能性を考慮にいれなければ」

「断固、拒否するぞ！」バシル＝フロントは声を荒らげた。「ルーワー船長としての威信にかかわる。船団メンバーが泉のマスターに反旗を翻《ひるがえ》すなどということを、信じるとは！」

「だが、もしそれが現実だとしたら、どうする？」バーネット＝クプはたずねる。

「ありえん！」と、ケルム＝ツァコルがあくまで否定。

「ならば、なぜパンカ＝スクリンが沈黙を守りつづけるのか、説明してくれ！」と、バーネット＝クプ。

「説明できないとわかっているくせに」バシル＝フロントが非難がましくいう。

「もちろん、わかっているとも。だが、カイラクオラを現在の苦境から解放するため、なにをしようと考えているか、きみたちの口から聞きたい。ただ、手をこまねいて待つつもりはないだろう？　この瞬間にも、この銀河の星間航行種族から攻撃をうける可能性がある。それでも泉のマスターが沈黙を守りつづけるとしたら、どうするつもりだ？」

ふたりは困惑し、あらぬかたを見つめたままだ。ようやく、バシル＝フロントが口を開いて、

「で、きみはどうするべきだと思う？」

「だれかが《リーステルバアル》におもむき、実際になにが起きているのか確認しなければ」

ケルム＝ツァコルとバシル＝フロントは、まるで感電したかのように身をすくめた。

「考えられん！」と、ケルム＝ツァコル。「泉のマスター自身が禁じたではないか……だれも、指揮船に足を踏みいれてはならないと！」

「だれがそういった？」バーネット＝クプは異議を唱える。「プレウラン＝ヴァルトだ。かれもまた、ヘルクのニストルから伝え聞いただけ。われわれ、パンカ＝スクリン自身からは、ひと言も聞いていない！」

ふたりはなにも反論できずにいる。バーネット＝クプは、仲間がしだいに考えこむようすを見ながら、

「きみたちは心配しなくていい」と、つづける。「この状況では、だれもがそれぞれの役割をはたすべきだ。わたしには《リーステルバアル》に乗りこむ覚悟がある！」

ケルム＝ツァコルとバシル＝フロントは、驚いたようにバーネット＝クプを見つめた。

「それには大きな犠牲がともなう」と、バシル＝フロント。「もし、命令に背いたと泉のマスターに最終的に判断されたら、きみのキャリアもこれまでだぞ」

「危険は承知のうえさ」と、バーネット＝クプ。「それでも、だれもがそれぞれ、できることをすべきだ。バシル＝フロント、きみの船には最大数の偵察機がある。それを発進させるのだ。カイラクオラの探知範囲外に配置してもらいたい。船団周辺に目を配り、異変に気づいたら、ただちに警告してくれ」

バシル＝フロントは、ためらうことなくこの役目をひきうけた。泉のマスターの指示をうけずに、さらなる予防処置をとったとしても、非常事態なのだから、実現態哲学に反することはない。そう考えたのだ。

「で、わたしはどうすればいい？」ケルム＝ツァコルがたずねる。

「きみの船は、最強のポジトロニクスをそなえている。いくつかのシミュレーションを検証し、パンカ＝スクリンが二週間にわたり《リーステルバアル》で船団からはなれたさい、なにが起きたのかを探ってほしい」

「すでにためしてみたが」と、ケルム＝ツァコル。「成果はなかった。ポジトロニクスによれば、泉のマスターの身に奇妙なことはなにも起きなかったようだ」

「もう一度、試みてくれ！」と、バーネット＝クプ。「こんどは、ポジトロニクスが、じゃまされることなく計算できるようにするのだ！」

「どういう意味だ？」ケルム＝ツァコルがたずねる。

「実現態による論理制限をはずすのさ」バーネット＝クプは平然と応じた。

＊

バーネット＝クプは計画を進めながらも、うしろめたさをぬぐえずにいた。当初、ケルム＝ツァコルとバシル＝フロントが異議を唱えたように、この計画は実現態哲学に反する。これを正当化するためには、成功させるしかない。つまり、この異例の行動によって、カイラクオラ船団を潰滅の危機から救うのである。

とはいえ、あらゆる懸念が根拠なきものだと判明すれば、おのれの前途有望なキャリアも終わりだ。そうなれば、ルーワーの上位階級から閉めだされるだろう。

だが、事態を熟考して、すでに覚悟していた。カイラクオラを……ひいてはルーワー種族全体を脅かす危険とくらべれば、キャリアを失うことなど、たいした問題ではない。たとえ誤った判断だとしても、自身以外はだれも損害をこうむらないのだから。一方、おのれの決断が正しければ、ルーワーが数百万年来、切望しつづけた目標に、近いうちに到達できるかもしれないのだ。

《ゴンデルヴォルド》の副長には、しばらくのあいだ連絡がとれなくなる旨を伝えておく。それ以上はなにも説明せず、長いあいだ自室にこもって瞑想にふけるつもりだと、思わせておいた。わざと疑われないようにしたわけではない。それでも、これが嘘をつくのと同様のふるまいであるのは、よくわかっている。すこし前までは、考えられない行為であっただろう。

《ゴンデルヴォルド》船内のだれもが、船長は自室にこもったものと思っているあいだ、当の本人は、見まわりのすくない通廊を使い、小型搭載艇格納庫のひとつに向かっていた。

格納庫には、単座搭載艇が数十機ある。そのうちの一機に乗りこみ、エアロック室に向かった。大型ハッチが自動的に開く。いまのところ、見つかる心配をする必要もない。ルーワーのメンタリティを考えれば、船内に敵がいると考えないかぎり、エアロック室の出口を見張ることはないから。同様に、《リーステルバアル》内の探知機がカイラクオラ船団内に向けられる恐れもまずない。泉のマスターの船に到達し、内部に侵入するまでは、なにも問題ないだろう。

バーネット＝クプは搭載艇を巧みに操った。《ゴンデルヴォルド》から《リーステルバアル》までは、八分の一光秒ほどはなれている。これを一時間弱かけて進み、性急な加速は避けた。たまたま《リーステルバアル》からこの方向を眺めている乗員がいて、注意をひくおそれがあるから。

《リーステルバアル》は、カイラクオラにおける最古かつ最大の船である。泉のマスターが最古の船に乗るのは当然のこと。ルーワーのメンタリティでは、高齢と尊厳は同義語なのだ。もっとも、この指揮船において古いのは、その外殻と、ずんぐりした円錐型という外見だけ。エンジンシステムをふくむ船内装備は、ルーワー種族の最先端技術を誇る。

ほかのルーワー船がすべてそうであるように、《リーステルバアル》もまた円錐型だ。底部から先端までは八百メートル。ルーワーの巨船としては理想的な大きさである。底面の直径は三百メートルほどで、ほかのカイラクオラの船よりもずんぐりして見える。年代物である証拠だ。

円錐基部にエンジン室、その上に司令デッキ、デッキ中央に司令スタンドがある。船の先端部には、物質の泉の捜索に不可欠な技術・科学装置が装備されていた。そのあいだのどこかに、泉のマスターのひろい自室があるはず。

《リーステルバアル》の基部近くで入口を探すような過ちはおかさなかった。司令デッキは乗員の往来がはげしく、見つかる危険性がもっとも高いから。船殻にそって、先端のすぐ近くまで小型艇を移動させる。そこにちいさな格納庫ハッチを発見。なんなく開けると、エアロック室に艇を滑りこませた。

それから、泉のマスターの自室につづくと思われる通廊を進む。

おのれの行動は、実現態倫理のいかなる原則にも反するだろう。泉のマスターが職務をはたせない状況にあるのではないかという、疑念にかられてしたことだから。ルーワー哲学の原則によれば、現役の泉のマスターの職務能力を疑うこと自体、すでに倫理的ではないのだ。

＊

一方、バシル＝フロントは役目を終えていた。ぜんぶで六十四の無人小型偵察機が《ライナムール》から射出され、最大限に加速しながら、カイラクオラの探知範囲外に向かうコースをとる。六十四機は、直径数光年におよぶ球体を形成して船団をかこみ、カイラクオラとともにゆっくりと異銀河を移動していた。小型機とはいえ、大型船のような遷移エンジンを搭載し、パルセーション飛行が可能だ。到達範囲は大型船にはおよばないが、この任務には充分だろう。

バシル＝フロントは緊張の数時間を耐えた。無人偵察機がカイラクオラの影響圏をはなれたら、ただちに指揮船からだけでなく、船団のほかのすべての船からも探知されるにちがいない。《リーステルバアル》から、おのれの行動の理由と目的をたずねられるにちがいないだろう。

いない。そう覚悟する。

だが、たずねられることはなかった。無人偵察機から、とりきめたポジションに到達したというシグナルが次々にとどくと、ほっとしたもの。

このことが、バシル＝フロントと若いバーネット＝クプとの相違をあらわしている。若者のほうは、おのれの行動の正当性について、他者の視点に惑わされずに独自の判断をくだした。それに対し、バシル＝フロントにとり重要なのは、見つからずにすむことなのだ。

一方、《センセナイレ》船内では、ケルム＝ツァコルが行動に出る。これから数時間、だれとも話せなくなると部下に告げると、司令スタンドをはなれ、計算機室に向かった。そこは特殊な装置で入室が制限され、副長以下の乗員は利用できない。実現態思考の規制に支配されないポジトロニクスをあつかうには、より実現態的に成熟している必要があるから。

自然現象を実現態に適合させることに関し、ルーワー種族は多大な成功をおさめてきたもの。泉のマスターのスクリ＝マルトンや、高位のルーワーがきわめて長寿なことは、その明瞭な証明である。とはいえ、ポジトロニクスの二元論理はまったくべつの問題だ。それはもともと、制限されるものではないから。

機能満載ではあっても、文字どおり〝死んだ〟物質で構成されているポジトロニクスは、実現態についてみずから学ぶことができない。ルーワーがスイッチ・エレメントとプログラミングからなる〝付属装置〟を発明しなければ、永遠に実現態にとっての必要悪としてとどまったことだろう。この付属装置は、実現態の原則にもとづき論理を構築するよう、ポジトロニクスに強制するものだ。つまり、実現態思考に反する計算結果を否定させるのである。

自分たちが非実現態の環境下で生きていることを、ルーワーは充分に認識している。非実現態論理にもとづいて計算可能なポジトロニクスがあれば、どれほど便利だろうか。たとえば、敵対する異種族と遭遇した場合だ。相手の出方を論理的に予測し、異人からうける危険を減少させることができれば、どれほど助かるかしれない。

しかし、ルーワーは種族独自の哲学と思考にとらわれるあまり、ポジトロニクス使用のさいに実現態の制限を解除できるのは、唯一のケースのみとした。つまり、泉のマスターの船団に属する船の船載ポジトロニクスが、物質の泉の捜索に精力的に関わっている場合だけである。こうしたポジトロニクスには、付属装置を……すなわち、実現態による論理制限を……解除するスイッチがついている。

そのスイッチを作動させようとしたとき、ケルム＝ツァコルはいい気分とはいえなかった。それでも、バーネット＝クプの切迫した言葉を思いだす。実際、カイラクオラが危険な状況にあり、その危険が非実現態的原因にもとづくものならば、状況の背景を正しく分析できるのは、あらゆる制限のかかっていないポジトロニクスだけなのだ。

パンカ＝スクリンは当初、おのれの心に巣くう不安がふたたびおさまるのも時間の問題だと思っていた。そうなれば、失敗を分析し、同胞に状況を説明できるようになるだろうと。

4

ところが、状況はよくなるどころか、悪化する一方だ。スクリ＝マルトンがはげしく脈動し、からだは衰弱していく。不安が増し、三十八隻の乗員全員がおのれの呼びかけを待っているという、強迫観念にとらわれた。泉のマスターが同胞と話すことをいっさい拒み、カイラクオラをいたずらに進ませ、それどころか危険にさらしているとしたら、乗員の実現態意識の自制にどのような影響をおよぼすだろうか？

パンカ＝スクリンがとほうにくれるなど、その長い人生でもめったにない。だが、いまは実際、絶望にかられている。数はすくないが、これまでこうした状況に陥った場合には、ニストルという名のヘルクを呼びだしたもの。それが唯一、おのれの助けとなる存在なのである。

一般にはロボットと呼ばれるマシンを、ルーワーはヘルクと呼ぶ。ニストルは、泉のマスターの船団用に特別に設計されたヘルクだ。外見だけ見れば、悪趣味な巨大構造物といえよう。長さ十七メートル、直径六・五メートルほどのシリンダー状で、表面はなめらかではなく、多数の突出とへこみがある。このような外見になったのは、ヘルクが長い歳月のあいだに何度も改良され、あらたな付属部品がくわわったり、べつの機能を付与されたりしたからだ。

ニストルは九つのエレメントからなるが、どのエレメントもそれぞれ独立したロボットとして、ほかの八エレメントに左右されることなく考え、行動できる。文字どおり、多目的ロボットであった。各エレメントはエンジン・セクターをそなえているため、必要とあれば、恒星間航行も可能な小型宇宙船に変身する。この長距離エンジンは、大型船同様に遷移が可能だ。ニストルの一エレメントは、一度の遷移で二百六十三光年までの距離を移動できる。

今回のような苦境にあるとき、パンカ＝スクリンはつねに、全エレメントがそろった状態のヘルクを呼びだしてきた。すべてそろえば、ニストルは巨大ポジトロニクスとなるから。実現態による論理制限はない。主たる任務は泉のマスターに直接に仕えることなので、付属装置をつける必要がないのだ。

パンカ＝スクリンは、自室近くの一室でヘルクと会うことにした。ひろびろとした丸天井の部屋に調度品はほとんどなく、ベンチがひとつと、その周囲に技術機器がいくつかあるだけだ。

部屋に足を踏みいれると、ニストルはすでにそこにいた。床に転がるその姿は、反重力クレーンが積みこもうとしたさいに数百メートルの高さから落としてひしゃげた、巨大な飲料タンクに見える。

パンカ＝スクリンは、くつろいでベンチに腰をおろし、こう切りだした。

「わたしは無力だ、ニストル。意識が未知の力に抑圧されている。もう、泉のマスターに必要とされる思考力はない」

「わかっています」ニストルの九エレメントのひとつから、心地よい声がする。「あなたが未知の力の影響をうけ、いまだにその影響下にあるのは、疑いの余地がありません」

「つまり、この状態は失望のせいだけではないわけだな？」

「その失望は、宇宙の城が見つからなかったことによるものですね。物質の泉が存在するサインとみなしているのですから、それもきっと原因の一部でしょう。でも、それがすべてではありません」

「教えてくれ、ニストル」と、パンカ＝スクリン。「なぜ、城は見つからなかったのか？」

「宇宙の城が物質の泉近くになければならないと、だれがいったのです？」ニストルが質問で返す。

「祖先の英知だ！」

「祖先が宇宙の城についてそのように語ったことを、城は知っているでしょうか？」ヘルクはたずねた。

「どういう意味だ？」

「城には、われらが祖先の英知にしたがう義務はありません」ニストルはつづけて、「祖先の勘ちがいということもある、といいたいのです！」

「それは禁じられた考え方だ！」と、泉のマスター。

「わたしが禁じられた考え方をするからこそ、あなたはゆきづまると、つねに助言をもとめてくるのでしょう」ヘルクが無遠慮にいう。

パンカ＝スクリンはしばらく考えこんだが、やがて口を開いた。

「それが、考えられる唯一の説明か？」

「もちろん、ちがいます。宇宙の城の所有者がだれであるにせよ、他者の目から城をかくす方法を見つけたのかもしれません。われわれ自身、そのような効果をもたらす方法を知っています」

「そのとおりだ」泉のマスターは同意をしめす。「だが、城が見つからなければ、どうやって物質の泉の正確なポジションをつきとめるのか？　宇宙の城は、きわめて特別な役割をはたすというのに」

「知っています。〝目〟に装備するための補完部品が、宇宙の城にありますから。それにより、〝目〟は完全に機能するようになるわけです」

「そのとおり。〝目〟のありかをしめす方位シグナルが、いつ到着してもおかしくない。なのに、城が見つからないなら、〝目〟も役にたたないということ。まず、城で補完部品を調達しなければ」

「あなたの考え方は、方向を誤っています」ニストルがとがめるように、「ジレンマの原因を知る前に、解決策を見つけようとしているのですから」

「原因がわかるのか？」泉のマスターは驚いてたずねた。

「いくつか心あたりはあります」ニストルは慎重に応じ、「すでにいったように、あなたの不安は未知の力の影響によるもの。この影響は、宇宙の城が存在するポジションからくるとしか考えられません。その方向をセンサーで調査しました。その結果、宇宙の城を探知することは、わたしにもできませんでしたが、きわめて奇妙なことがわかったのです」

「どのようなことか？」パンカ＝スクリンは緊張してたずねる。

「あなたは追跡されています、泉のマスター！」

パンカ＝スクリンは、狼狽《ろうばい》もあらわに視覚器官をヘルクに向け、「追跡されている？」と、くりかえした。「だれにだ？」

「わかりません。いずれにせよ、多数の船からなる船団でしょう。《リーステルバアル》が捜索の成果がないまま、カイラクオラにもどってきたとき、すでに追跡されていたようです。わたしの見解では、技術的にほぼ完璧な船でしょう。パルセーション飛行でも追尾を振りきれるとは思えません」

「なにが目的だろう？」と、泉のマスター。

「それももちろん、わかりません。ですが、どこから追跡がはじまったのかを考えなければ」

「物質の泉近傍か？」

「はい。物質の泉となんらかの関係があると考えられます」

「物質の泉の彼岸の勢力か……？」

「それはないでしょう。いまだかつて、このような行動に出たことはありませんから。複数の宇宙船からなる船団に追跡させるなど、物質の泉の彼岸の勢力のやり方ではありません」

「では、だれだ？」

「たとえば、宇宙の城の住人とか」ヘルクは応じる。「実際にそのような住人が存在するならば、最有力候補でしょう」

「おまえの言葉には考えさせられるな」パンカ＝スクリンは、思案するように遠くを見つめながら、「感謝する。さっそく、べつの視点から考えなおしてみよう」

「頭を悩ませるべきことは、まだたくさんあります」ニストルが注意をうながした。

「わたしが長く沈黙していることの影響についてか？　船団メンバーの精神状態を気づかっているのだな？」

「はい。最近、《ライナムール》から無人偵察機六十四機が射出され、すでに母船から遠くはなれました。バシル＝フロントが現況に疑問をいだいたようです。問題は、《リーステルバアル》の許可なく、一船長がこうした行動に出たこと」

「泉のマスターの英知を信じられなくなったというわけだな」パンカ＝スクリンはつぶやく。「かれらを責めることはできない。急がなければ、ニストル。結論が出たらすぐに、わが沈黙の理由を船団メンバーに説明しよう」

「追跡者の件を忘れないでください！」ヘルクが警告した。「あなたにどれくらいの時間がのこされているか、わたしにもわからないのですから」

＊

バーネット＝クプは、《リーステルバアル》の縦軸にそって設置されたひろい反重力シャフト内を、ゆっくりと降下していた。このうえなく慎重に、つねにシャフト壁にそって動く。もっとも、この慎重さはまったく不要に思えてきた。泉のマスターの巨船は、まるで死んだかのようだ。すでに《リーステルバアル》の全長……船首から船尾までの八百メートルの、ほぼ半分に到達したが、一度も身をかくす必要はなかった。

いともかんたんに進めたことで、若い船長は勇気を得る。より道する気になり、大型反重力シャフトをはなれると、通信機のある部屋を探した。だが、これにはたっぷり時間がかかるとわかる。このあたりは、おもにハイパーエネルギーを用いた計測・分析ステーションばかりだから、ドアを開けるたび、乗員に出くわす危険を覚悟しなければならないのだ。そのため、捜索は難航した。

ようやく通信機が見つかる。原始的なラジオカムを選び、《ライナムール》に連絡を試みた。数分後、バシル＝フロントを呼びだすことに成功。もっとも、たがいの顔が見えないため、バーネット＝クプ本人であることを、まず相手に納得させなければならなかったが。《ライナムール》船長はあわてたように、

「どこから連絡しているのだ？」と、たずねてきた。

「きみの良心に負担をかけたくないから、答えないぞ」と、バーネット＝クプ。

「運命の力か！　まさか《リーステルバアル》船内ではなかろうな？」バシル＝フロントは驚いたようにいう。

「本題にうつろう!」と、バーネット=クプはうながして、「きみの偵察機は配置ずみか?」

「一時間ほど前からな」

「危険の徴候は?」

「これまでのところはない」

「それはよかった」と、バーネット=クプ。

そこで通信を終え、こんどはケルム=ツァコルを呼びだす。だが、共謀者ふたりと効率的な連絡方法をとりきめておくべきだったと、いまごろになって後悔した。《センセナイレ》の通信担当が頑としてはねつけ、ケルム=ツァコル船長は離席しているから、だれとも話さないというのだ。指揮官としてきびしい言葉をいくつか口にし、ようやく本人を呼びだす。

「ポジトロニクスの回答は?」ケルム=ツァコルとつながると、バーネット=クプはたずねた。

「たいした収穫はない。それでも充分に憂鬱なものだが」

「たとえば?」

「ポジトロニクスはきみの仮説を支持した。八十二パーセントの確率で、パンカ=スクリンの身になにか起きたといっている。もっとも、泉のマスターが現在どのような状況にあるかについてのコメントはなかったが。重大な局面に立たされているかもしれないし、比較的、無害な状況にあるかもしれない」

「なにが起きているかをつきとめるまで、《リーステルバアル》をはなれないぞ」と、宣言する。「ほかになにかわかったか？」

「いまのところ、具体的にはなにもない」ケルム＝ツァコルはつづけて、「もっとも、わたしが近ごろ入力したデータにもとづき、ポジトロニクスはあるシュプールをつかんだようだ……理解はできなかったが。宇宙の城に関する追加情報をもとめてきた。それについて、なにか知っているか？」

バーネット＝クプは考えこみ、

「宇宙の城か」と、くりかえした。「パンカ＝スクリンから聞いたことがある。物質の泉が近くに存在することをしめす、第四のサインだそうだ」

「で、宇宙の城そのものについての情報はあるのか？」ケルム＝ツァコルがたたみかける。

「なにもない」と、バーネット＝クプ。「ただ、それが存在するということだけ……物質の泉の近くに」

ケルム＝ツァコルは、この答えに満足したわけではなさそうだ。それが声にあらわれている。

「ポジトロニクスにそう伝えよう。なにか進展があるかもしれない」

「最善をつくしてくれ！」

「バーネット＝クプはそういうと、通信を終えた。反重力シャフトにもどり、さらに降下する。

＊

泉のマスターことパンカ＝スクリンは、ふだんは瞑想に使う薄暗い部屋でひとり、重大な決定をくだした。

追跡者に、みずから捕まることにしよう。

異勢力が好意からおのれを追跡した……あるいは、すくなくとも敵対心からではない可能性はあるだろうかと、状況分析を試みたもの。もしそうであったなら、みずから捕まるという決定をもっと容易にくだせただろうが、分析結果は否定的なものだった。こちらが《リーステルバアル》で物質の泉に接近したとき、異勢力はなんなく接触できたはず。それでも、接触してこなかったわけだから。

一方で、反証を試みる。ほんとうに異勢力が敵対的理由で追跡しているのなら、接近時に攻撃をしかけることも可能だったはずだ。

とはいえ、これには納得できる説明がいくつかある。もっとも単純なのは、《リーステルバアル》が物質の泉に接近したとき、まだ攻撃態勢がととのっていなかったというもの。敵勢力はまず集結し、隊形をととのえる必要があったのだろう。そのあいだに、指揮船がふたたびカイラクオラに合流したのかもしれない。

この分析は確定ではないものの、以後、追跡者が敵であるとの想定にもとづいて考えることにした。

ニストルのいうとおり、カイラクオラのパルセーション飛行によっても追跡を振りきれないとすれば、よほど高度なテクノロジーにちがいない。連続的遷移により宇宙を移動する船団を追尾するのは、そうかんたんではないはずだから。

はたして追跡者にどのような意図があるのか、いまだに不明である。物質の泉の秘密を守ろうとしているのかもしれない。それで、おのれを秘密を知った危険な異人とみなし、抹殺しようというのか。あるいは、こちらが物質の泉近くでなにを探っていたのか、ただ知りたいだけということも考えられる。その場合は、おのれを捕まえ、尋問しようとするだろう。

パンカ＝スクリンは、ひたすらこの可能性に望みを託した。とらわれの身となり、異勢力の基地に連行されたら、宇宙の城の状況がわかるかもしれない。物質の泉に接近しても見つからなかった理由が、明らかになるだろう。

次に、ニストルが示唆《しさ》した第二の問題にとりかかる。カイラクオラ船団のメンバーは、泉のマスターの長い沈黙をどうとらえ、どう反応しているだろうか？　たったいまくだした決定を考えた場合、この問題が重要になってくる。計画を実行するには、これまでどおりの規律が、全船団にたもたれている必要があるから。

その規律とは、泉のマスターの英知に対する実現態的信頼にもとづくものだ。この信頼は、実際になみはずれた知恵を持つ者だけが泉のマスターという高い地位につけるのだと、知ることから生まれる。さらに、泉のマスターがその職務遂行において、つねに正しい決定をくだし、ルーワー種族の偉大なる目標をめざして全力でとりくみ、成功をもたらすと明確にしめすことにより、信頼は強まる。

ルーワーの歴史において、カイラクオラの全メンバーが泉のマスターの英知に対する信頼をなくしたことは、これまで一度もない。熟考のすえ、今回のケースでもそこまではいたらないという結論が出た。

とはいえ、すでに乗員はおちつきを失い、不安や精神的苦痛をおぼえているにちがいない。それでも、メンバーに呼びかける機会を設け、おのれの沈黙の理由を説明すれば、これは解消されるだろう。

全体としての状況は、理想的とはいえないが、深刻な懸念をもたらすほどのものではない。もっとも、ひとりひとりの状態を考慮にいれることが重要だ。泉のマスターの英知に対する信頼は、ほんとうにまだ全員の心にあるのか、あるいは、すでに失われてしまったのか？

この問題を熟考するうち、おのれへの信頼とは関係ないべつの可能性に思いあたった。最高指揮官の長い沈黙を、英知の欠如とはとらえず、その身になにかあったと考える者が、カイラクオラに存在するだろうか？

そのような結論を出すのは、一時的に実現態思考の原則を無視した者だけだ。実現態にしたがえば、泉のマスターの身になにか起きた場合、メンタル・エーテルが特定の変化をきたすため、カイラクオラのメンバーはすぐにわかるはずだから。

つまり、これに対して疑念をいだくのは、習慣的に実現態にもとづいた考え方をしない者か、あるいは事態の重大性にかんがみて、実現態論理による制限を無視した者だろう。前者は思考能力の発達障害をはっきりとしめすが、後者については、非難すべきというより興味をおぼえる。たしかに、特定の状況においては、実現態論理を遮断し、一般論理にたよらなければならない。

とはいえ、そう判断するには、強い意志が必要とされる。泉のマスター自身はこの強靭な意志をそなえているが、ほかに、部下でこの能力を持つ者は？

バーネット＝クプだけだ。

泉のマスターは、前回と同じ部屋にニストルをふたたび呼びだした。すぐに、ヘルクが完全体でないことに気づいた。エレメントがひとつ欠けているのだ。そのせいで、強くたたかれて深くひろいへこみができたシリンダーのように見える。だが、それには触れずに、おのれが到達した結論をまず伝えた。

「あなたがそう決断をくだすものと思っていました」と、ヘルク。「本当に宇宙の城を見つける必要があるのなら、それが唯一の論理的解決策でしょう。その決断の意味はおわかりですね？」

「命がかかっている。ルーワー種族が泉のマスターを失う可能性もあるということ。とはいえ、危険をおかす価値はあるだろう。それに、運命がわれわれを見捨てたことはない。それまでに、新しい泉のマスターも育つはず」

「どのような準備をするつもりですか？」

「まず、船団にわが計画を伝える。わたしは追跡者に対し、なんの抵抗もしないつもりだ。カイラクオラも《リーステルバアル》を守ろうとしてはならない。攻撃がはじまったら、船団はただちに撤退するのだ」

「ご自身でそれを船団メンバーに告げるので？」

「ああ、みずから話すつもりだ」

そこで話題を変え、

「わたしはこれまで、部下のモラルに重大な欠陥があると思ったことはない」と、切りだす。「だが、一船長が実現態にもとづかずに判断をくだし、表面的に見れば規律に欠けるとみなされる行動をとった可能性がある」

「だれのことをいっているのか、わかります」ニストルが応じた。「非実現態的事象に関しては、いつもおまえに出しぬかれるからな」

「バーネット＝クプですね」と、ヘルク。「わたしのエレメントがひとつ欠けていることに、お気づきでしょう。いま、《ゴンデルヴォルド》船長を探しているところなのです」

＊

バーネット＝クプは、泉のマスターの自室があると推測される一ブロックに向かった。ここにきたのははじめてだが、パンカ＝スクリンから折りにふれて聞いていた情報をたよりに進む。それでも、泉のマスターの所在を特定するには、かなりの時間がかかるだろう。そこで、通信機がひしめきあう一室を偶然に見つけたさい、バシル＝フロントをふたたび呼びだし、現状についての情報を得ることにした。

《ライナムール》船長はほっとしたように、

「よかった！　警報を出そうと思っていたところだ！」

「攻撃者か？」バーネット＝クプは簡潔にたずねる。

「まだ、そうとはいいきれない。見なれない宇宙船団が、外側探知リングに接近中だ。カイラクオラの現ポジションに向かうコースをとっている。もっとも、まだかなりの距離があるが」

「何隻だ？」

「こちらの倍だ！」

バーネット＝クプはしばらくためらったが、ようやく、

「目をはなさないように」と、告げた。「こちらを狙っているとわかったら、ただちに警報を出すのだ！ そのあいだに泉のマスターと連絡がとれればいいのだが」

バシル＝フロントは同意をしめそうとしたが、途中で動きがとまった。啞然として、探知機をじっと見つめている。

「どうした？」

「異船が……消えた！」と、うめくように、「消えてしまった！」

「それは危険だな」と、バーネット＝クプは警告。「われわれの超光速飛行とはべつの方法で移動したのだろう。ほかの探知機で行方を追ってみるのだ！」

「パンカ＝スクリンを見つけてくれ……早く！」と、バシル＝フロント。「わたしがこのような事態における責任を負うのは、あらゆる規定に反するから」

表情をあらわす環状器官に、絶望の色が浮かんでいる。バーネット＝クプは同情をお

ぼえ、

「急いで見つけるから」と、約束した。

通信機のスイッチを切り、ふたたび泉のマスターを探しにもどろうと踵《きびす》を返す。そのとき、奇妙なかたちの金属片が、出入口付近の床すれすれに漂っているのに気づき、立ちどまった。

「見つかってよかった」心地よい声が金属片から聞こえてくる。

「何者だ？」バーネット＝クプはたずねた。毅然とした態度をくずさないよう、最大限に気をつけながら。

「泉のマスターに仕えるヘルクのニストルです。パンカ＝スクリンがあなたに会いたいそうで」

そういうと、金属片は開いたハッチを滑りぬける。バーネット＝クプは催眠術にかかったように、あとにつづいた。

5

「まもなく、きみの名はひろく知れわたるだろう」パンカ＝スクリンは親しみをこめていう。「運命がわたしに味方しない場合は、バーネット＝クプというあらたな泉のマスターの名が、すぐにも同胞の口にのぼることになる」

バーネット＝クプは、この言葉をどう理解したものかわからなかった。いまいる部屋には、一連の技術機器のほか、ベンチひとつしか見あたらない。そのベンチの上に、偉大なる泉のマスター、パンカ＝スクリンが腰をおろしていた。バーネット＝クプをここまで案内した金属片は、すでにヘルク本体に組みこまれたようだ。床の上に転がったまま動かないその姿は、へこんだシリンダーに見える。

若い船長は敬意をこめて一揖《いちゆう》した。おのれの非実現態的行動に対し、パンカ＝スクリンから釈明をもとめられると覚悟していたのに、聞いたのは、いまの言葉だったのだ！

「おっしゃることの意味がわかりません、賢者」と、つぶやいた。「お許しください。わたしは……」

「許すとも」パンカ＝スクリンがさえぎる。「きみは軽率な行動をとったわけでも、自制できなかったわけでもない。それはわかっている。わが身を案じてくれたのだな。そこで、通常の行動規範を逸脱し、わたしを救うためにここまでやってきた。なにかに脅かされていると思いこんで」

「そのとおりです、賢者」バーネット＝クプは認めた。

「従来の行動規範を逸脱し、事態の要求にしたがうべき瞬間が、たしかにある。もっとも、だれもがこれをわかっているわけではない」泉のマスターがつづける。「だが、きみはわかっている。だからこそ、まもなく、きみの名がルーワー種族に知れわたるだろう」

パンカ＝スクリンはそう告げると、物質の泉近傍における捜索が失敗に終わったことを話しはじめる。それ以来、自信喪失と不安にさいなまれてきたこと、ニストルとの二度にわたる話しあい、その結果の決断についても語った。

バーネット＝クプは驚きをあらわに、

「敵に身を投じるとおっしゃるのですか？」と、たずねる。

「宇宙の城の情報を入手する唯一のチャンスだからな」泉のマスターは平然と応じた。

「だが、いまはべつの話をしよう。わが計画では、きみの船が重要な役割をはたす。わたしのほかに、物質の泉と宇宙の城の推定ポジションの座標を知るのは、ヘルクのニストルだけだ。たとえ《リーステルバアル》になにが起きようとも、ニストルは〝目〟を所有する同胞種族が待つ場所に到達しなければならない。こちらへの攻撃がはじまったら、ニストルは《ゴンデルヴォルド》にうつる。きみの任務は、〝目〟の保管場所に、かならずヘルクを連れていくこと」

「かならず送りとどけます、賢者！」バーネット＝クプは誓った。

「では、息子よ。ふたたびきみの船にもどる時間だ」と、泉のマスター。

バーネット＝クプは立ちあがった。いまだかつて感じたことのない心地よさに満たされる。これまでパンカ＝スクリンに対して畏敬の念だけをいだいてきたが、いまはそれにくわえ、深い愛情さえ感じていた。

「運命があなたに味方しますように、賢者」と、声をかける。

「運命の力がどのように影響するか、だれにもわからない」と、パンカ＝スクリンが応じた。「とはいえ、きみの祈りが聞きいれられるかもしれないな」

＊

どうやって単座搭載艇までもどったのか、バーネット＝クプは思いだせなかった。泉のマスターとの会話からうけた感銘のあまり、機械的に動くだけで、周囲に気を配る余裕もない。

操縦席までよじのぼり、防護服が完全に閉じられたことを確認。エンジンのスイッチをいれる。エアロック室に到達すると、短時間で空気が排出された。外側ハッチが開き、艇は宇宙空間へ滑りだす。

この瞬間、受信機から鋭い警報が聞こえた。身をすくめながらも、耳をつんざくような音の間隔を思わず確認する。長く一回、短く二回……敵襲の警告だ！

周囲を見まわすと、虚無から生じた火球が風船のように膨張していた。そのそばで、カイラクオラの一隻がよるべなく回転する。恐ろしい光景を茫然と見つめるうちに、さらなる爆発が宇宙空間を照らした。突然、ぬぐったように暗闇が消える。まるで、船団ごと恒星のコロナのなかに迷いこんだようだ。いたるところで火の手があがり、核の炎がめらめらと青白く輝く。

バーネット＝クプは、艇のスイッチを最大加速に切りかえた。あちこちで、僚船がバリアを展開するのが見える。これで、とりあえずは安心だ。砲撃を一度うけたくらいで、エネルギー・バリアは揺るがないだろう。

《ゴンデルヴォルド》のポジション・データは、搭載艇のコース記録装置にのこっているはず。とはいえ、船はとっくに移動したかもしれない。通信機のスイッチをいれ、副長を呼びだした。

だが、返答がある前に、すさまじい衝撃に見舞われる。金属が裂ける不快な音が聞こえ、搭載艇は炎につつまれた。からだがひっぱりあげられたと思うと、次の瞬間、ふたたび操縦席にたたきつけられる。スローモーション映像のごとく、搭載艇が崩壊していくのがわかった。外殻が裂け、破片があらゆる方向に飛散する。そして、突然、周囲のすべてが消えた。のこったのは、おのれ自身と、頑丈なハーネスでつながった操縦席だけ。

周囲の宇宙が殲滅《せんめつ》の色に輝く。自分がどの方向に向かっているかは不明だ。いつ、火球の影響下にはいりこんでしまうかもわからない。

＊

パンカ＝スクリンが《ゴンデルヴォルド》の若い船長に別れを告げた数分後、待ちに待ったメッセージが、ハイパー通信で《リーステルバアル》にとどいた。ルーワー種族の塔守ヘルゴ＝ツォヴランからのメッセージで、〝目〟が保管されている銀河の座標が記してある。

まさにこの瞬間にとどいていなければ、次の数時間の出来ごとは、べつの展開を見せていただろう。ヘルクのニストルにいくつか指示をあたえたあと、パンカ＝スクリンはただちに通信コンソールに向かい、カイラクオラ全体に向けて演説をはじめるつもりだった。おのれの長い沈黙についての釈明にくわえ、未知の攻撃者に抵抗してはならないと、各船長に指示することを忘れずに。

ところが、ヘルゴ＝ツォヴランから受信したメッセージに目をとおし、ニストルに座標を伝えていた数分間に、この計画はだいなしになった。座標を伝えおえたとたん、警報がけたたましく鳴りひびいたのだ。泉のマスターは遅れをとりもどそうと急いだが、船団全船をつなぐ緊急通信チャンネルのスイッチをいれる前に、《リーステルバアル》は砲撃をうけ、エネルギー発生機の大半が麻痺する。

この攻撃がどのような恐ろしい展開を見せるか、すぐにわかった。敵の攻撃をうけた場合、カイラクオラにとっての緊急任務は、泉のマスターの船を守ること。泉のマスターは、ルーワー種族のもっとも価値ある宝だ。いかなる状況においても、敵の攻撃から守らなければならない。

この原則にもとづき、次の瞬間、船長たちが行動に出た！　パンカ＝スクリンは、まだ機能する唯一のスクリーンで、火球が宙域を埋めつくすのを見つめる。核の炎を背景に、ルーワー船団の各船が黒い点のように見えた。《リーステルバアル》をかこむように密集し、リングを形成しはじめる。だが、仮借ない攻撃者のすぐれた兵器により、殲滅させられるのも時間の問題だろう！

心が痛んだ。たしかに実現態哲学の教えによれば、全体は一要素のはるか上に位置する。つまり、種族の幸福は、ルーワー個々の幸福にはるかに優先されるのだ。とはいえ、感受性の強いパンカ＝スクリンは、ひとりひとりをその固有の価値で評価する能力を授かっていた。この瞬間、ルーワー種族の運命は念頭にない。心の目で見る光景は、残忍なものであった。同胞数百名、数千名が、はるかに強力な敵の無意味な犠牲となっていく。

核爆発の炎が、指揮船に近づこうとする同胞の船に到達し、次々とのみこんだ。パンカ＝スクリンは苦痛のあまり、目を閉じる。《リーステルバアル》はいまや、揺らぐ炎のはてしない海につつまれていた。スクリーンのスイッチを切る。仲間のためにできることは、もうなにもない。

船載インターカムだけは、まだ機能するようだ。自船の乗員に対し、敵にむだな抵抗をしないよう命じた。《リーステルバアル》から脱出できる可能性があるなら、その決定を各自にゆだねるとも伝える。

すでに泉のマスターの巨船は、不規則に揺れはじめていた。核爆発の殲滅エネルギーに耐えきれず、バリアが部分的に崩壊する。

パンカ＝スクリンは瞑想室にもどった。完全な傷心状態だが、殺風景《さつぷうけい》な部屋の床に腰をおろすと、不思議と心がおちつく。実現態思考の奥底に沈みこめるよう、楽な姿勢をとり、死を待った。

*

バーネット＝クプは当初のショックを乗りこえ、自身の置かれた状況を冷静に分析しはじめた。生きのびるには、かなりの運が必要だとわかる。核爆発は、球面状にひろがりながら《リーステルバアル》に迫っていた。カイラクオラの指揮船に対する未知勢力の攻撃は、相当のものだ。ルーワー船の輪郭が、次々に水色の雲と化す。おのれの防護服をつつむ個体バリアも、はげしい高エネルギー微粒子放射に反応し、多数の短い閃光がはしった。

防護服には独自のエンジンシステムが装備されている。若い船長はこれを作動。もっとも、飛翔装置でこの地獄を脱出できる望みは皆無《かいむ》だ。ほぼ半時間後には、爆発に巻きこまれるだろう。ゆらめく猛火は隙間なくつづくように見える。この無名の銀河で命を終えることになるという確信が、刻一刻と高まっていった。

通信機のスイッチをいれ、緊急回線に切りかえる。だが、障害に強いはずの回線でさえ、聞こえてくるのは、核爆発による音の洪水だけだ。

スイッチを切ろうとしたその瞬間、すぐ近くで声が聞こえたような気がした。

「持ちこたえてください！　すぐに迎えにいきますから！」

驚いて周囲を見わたすと、地獄の炎を背景に、ニストルのシリンダー型ボディが近づいてくる。ほとんど幻覚かと思った。シリンダーは欠けている。エレメントのひとつを分離させたのだろう。ボディには、ルーワーひとりならゆったりともぐりこめそうな空間が見られる。

ニストルは飛行コースと速度をこちらにあわせた。

「なかにすわれそうですか？」受信機からヘルクの声が聞こえる。

バーネット＝クプはなにもいわずに、シリンダー型の物体によじのぼると、開口部から滑りこんだ。そこに、からだを楽に固定できそうな突出部を見つける。

「わたしをどこに連れていくつもりだ？」と、たずねた。

「《ゴンデルヴォルド》です」ニストルが応じる。「パンカ＝スクリンの命令ですから」

「本人はどこにいる？」

「それについては、ぶじに到着してから話しましょう」そういって、ヘルクはバーネット＝クプの言葉をさえぎった。「運命の力を信じるなら、祈ってください。われわれの飛行は、けっして安全なものとはいえませんから！」

＊

ニストルは一連のエネルギー・バリアを展開した。暖かい光が放射され、バーネット＝クプの疲れた視覚器官を爆発の猛火から保護する。若い船長はヘルクが動きだしたのに気づかなかった。エネルギー・バリアが、加速によって生じる慣性力を無効にするから。青く明るいゾーンを高速で走りぬけているような感じだ。もっとも、はげしく揺らめく炎に惑わされ、実際の速さがどれくらいなのかはわからない。

突然、暗くなったのに気づいた。周囲はまだ、エネルギー・バリアの光につつまれている。だが青い核火球は、すでにはるか後方にしりぞいて見えた。

「あなたの祈りが聞きいれられたのでしょう」ニストルの声がする。

目の前に、一ルーワー船のシルエットが出現。《ゴンデルヴォルド》だ！　バーネット＝クプは朦朧《もうろう》としながらも考えた。ヘルクはどうやってこの地獄のなか、船までの正確なコースを見つけたのか。おまけに、乗員たちにも到着を知らせてあったようだ。細い円錐の下部三分の一ほどのところに、ひろい開口部が出現。ニストルはバリアのスイッチを切り、そこからボディを滑りこませる。

バーネット＝クプは極度の疲労に襲われた。これまで耐えてきたが、もう限界だ。ヘルクのなかでからだを起こすと、シリンダー型のボディをまたいで床におり、そのままバランスを失って倒れこむ。立ちあがる気力もない。

周囲が騒がしいが、ぼんやりと認識するのが精いっぱいだ。複数のシルエットが見える。ルーワーのようだが、自信はない。ヘルクの声が聞こえた。

「賢者なる泉のマスターの命《めい》をうけ、ここまでやってきました！　泉のマスターは、カイラクオラ全船に対し、敵に抵抗してはならないと命令しています。ほかの船に伝えなさい！」

これに応じる声がした。副長だとわかる。

「抵抗してもむだだと、だれもがとうにわかっている。敵は《リーステルバアル》を包囲し、船団から隔離した。われわれには、もうどうすることもできない」

「それこそ、パンカ＝スクリンの望むところ！」と、ニストル。「損失はどれくらいですか？」

「不明だ」副長が応じる。「多数の船が損傷したものの、大火は船をかすめただけで、ほとんどの場合、エネルギー・バリアが持ちこたえた」

これを聞いたバーネット＝クプは、このうえない安堵をおぼえ、力がぬけていった。ヘルクがつづけていうのが聞こえる。

「あなたがたの船長を、ただちに医務室に運んでください。放射性傷害の恐れがあります」

そこで、バーネット＝クプは意識を失った。

＊

パンカ＝スクリンは彫像のように動かない。それでも、実現態理性を懸命に働かせていた。《リーステルバアル》の通廊やデッキから、無数の騒音が瞑想室にとどく。乗員が抵抗したようすはまったくない。つまり、命令が守られたということ。

敵はすでに船内を制圧したようで、振動も足音も徐々におさまった。あらたな希望がわいてくる。卓越した英知をそなえ、高齢であるにもかかわらず、おのれにもまた生への執着があったわけか。これまでのようすから、未知者は《リーステルバアル》を殲滅するつもりはなさそうだ。ただ、支配下におさめたいだけだろう。

目的は、泉のマスターであるおのれなのだ！

瞑想室の入口は、メンタル錠によって封鎖されている。侵入者が部屋のすぐ前まで到達したようだ。錠を解除して入室させようかとも考えたが、結局そのままほうっておくことにした。

数分が経過し、瞑想室の気温が上昇しはじめたことに気づく。やがて、入口のすぐわきの壁に異変が発生。熱せられた部分がまるく変色し、しだいに明るく輝きだした。その熱は痛みを感じるほどだが、がまんする。とうとう、壁が溶けはじめた。黄色く燃える融解物の流れが、こちらに向かって押しよせる。到達する直前、かたまりはじめた。

泉のマスターは、身じろぎひとつしない。

壁にあいた直径三メートルほどの開口部から、多種多様なかたちのロボットが室内になだれこんだ。そのまま壁にそうように進み、それぞれ位置につく。一部は武装し、脅かすように、ターゲットに武器を向けた。

高さ二メートルほどのシリンダー型ロボットが、包囲の環をぬけでると、パンカ＝スクリンに向かって浮遊してくる。武装していないようだが、触手のような無数の突起が見えた。

ボディから、機械がきしむような声が聞こえる。

「この船の指揮官ですか？」

ロボットがルーワー語を話したので、パンカ＝スクリンはひどく驚いた。《リーステルバアル》に侵入して半時間とたっていないはず。それなのに、すでに完璧に駆使できるほど、異言語を論理的に分析・掌握したわけだ。異テクノロジーに対する畏敬の念がふくらむ。

「いかにも」おごそかに応じた。

「では、いっしょにきてもらいます！」ロボットが要請する。

「なんの権利があって、そのような指図をする？　きみたちは悪質な盗賊のように、わが船を攻撃してきた。きみにも、きみの依頼人にも、これまでわたしが危害をくわえたことはないはずだが。なにが望みだ？」

「ボロンツォトが話したいといっています！」

「ボロンツォトとは、何者だ？」

「中央宇宙の強き王、真正ツァフール兄弟団の支配者です」

「その者はどこにいる?」と、泉のマスター。

「〝大型宿〟です!」と、ロボットは応じた。

まんざら、こちらが望む情報をあたえたくないわけでもなさそうだ。もっとも、この調子では、たいした収穫は得られそうもない。

「わたしには、きみたちの王にしたがう義務はないが」と、いってみた。「それに、ボロンツォトがわたしに命令する権利もない。それでも、いっしょに行こうではないか。王に会ってみたい」

「それはよかった」と、シリンダー型ロボット。「案内しましょう」

ロボットの群れが泉のマスターをとりかこんだ。いくつもの通廊や斜路を進み、最短距離で船の縦軸を形成する主シャフトに向かう。

《リーステルバアル》船内は閑散としていた。乗員の気配も、戦闘の痕跡も、どこにもない。希望がわいてきた。命令にしたがい、全員が無事に逃れたならいいのだが。

一行は、円錐型船のほぼ中央に位置する巨大エアロック室に到達。そこで、ロボットから宇宙服を着用するよう要請される。泉のマスターはしたがった。ヘルメットを閉じる前に、シリンダー型ロボットが奇妙なことをたずねてくる。

「あなたは〝宿の主人〟ですか?」

「いや」と、当惑しながらも答えた。

〝宿の主人〟とは何者か？　そうたずねようと思ったが、満足のいくような回答は得られそうもない。それでもしばらくのあいだ、この奇妙な質問が、パンカ＝スクリンの頭からはなれなかった。

6

バーネット＝クプは意識をとりもどした。ボウル型ベッドに寝かされている。病室にふさわしく、室内の照明はやわらかい。ベッドの縁で、だれかがこちらを見守っていた。バシル＝フロント、《ライナムール》の船長だ。

バーネット＝クプは体力を回復し、リラックスした気分で、

「われわれのうち、ここの客人はどちらだ……きみか、それともわたしか？」と、上機嫌でたずねる。

「わたしだ」バシル＝フロントは真剣なようすで応じた。「《ライナムール》はひどく損傷し、もう役にたたない。それで、乗員をひきつれ、きみの船にうつったわけだ」

この言葉で、バーネット＝クプは炎の地獄を思いだした。ニストルのおかげで、そこから逃れられたのだ。たちまち、上機嫌な気分が吹きとぶ。身を起こし、

「パンカ＝スクリンは、どうなったのだ？」と、あわててたずねた。「泉のマスターは……」

「泉のマスターの所在は不明だ」バシル＝フロントがさえぎって、「情報があまりにすくなすぎる。目下のところ、ヘルクのニストルが状況の概要をまとめているが」

「ニストル！」バーネット＝クプがささやくようにくりかえす。「あのロボットがいなければ、わたしはもう存在しなかっただろう！　ここは《ゴンデルヴォルド》だといったな。どの宙域にいるのだ？　ほかの船は？　大きな損失をこうむったのか？　敵はどうした？」

バシル＝フロントは、ほほえみに相当する表情を環状器官に浮かべ、

「医師団が苦労して、重篤な放射性傷害から救った男にしては、ずいぶん元気じゃないか」と、からかうようにいう。

「放射性傷害だと？　それほど重症だったのか？」と、バーネット＝クプ。

「ただちに処置を施さなければ、死にいたるほどの量を浴びていた」

「で、処置はうまくいったのか？」

「完璧にな。もう大丈夫だ」

バーネット＝クプは短い脚を使い、ボウル型ベッドからおりた。上体をコートのようにおおう、軟骨を持った翼膜を支えにして。

「まず、船の現ポジションを」と、要求。「われわれ、いまどこにいる？」

「以前と同じ宙域だ」バシル＝フロントが応じた。

「で、敵は？」

「すでに撤退した。状況を説明させてくれ、友よ。攻撃者は移動弾幕をはりながら、侵攻してきた。まったくの不意をつき、ハイパー空間から突然あらわれたのだ。どの船長も《リーステルバアル》を死守するという使命を心得ていたが、なにせ防御態勢をととのえるひまがなかった。弾幕砲火による奇襲をうけたので。

船体は損傷したものの、ほとんど犠牲者はない。敵の関心は、ひたすら泉のマスターの船に向けられていたから。大型船七十五隻からなる船団が、たちまち《リーステルバアル》を包囲したのだ。敵船は不格好な卵型で、全長が《ゴンデルヴォルド》を下まわる船はほとんどなかった。

当初われわれは、《リーステルバアル》が殲滅されると恐れたのだが、指揮船を包囲すると、地獄の砲撃は突然やんだ。敵船団は泉のマスターの船のすぐそばに一時間半ほどとどまったのち、ふたたび動きだしたもの。想像を絶する速さで加速すると、たちまち探知スクリーンから消えたというわけだ」

バーネット＝クプは放心したように、あらぬかたを見つめていたが、やがて、

「泉のマスターを連れていったのだろう」と、つぶやいた。「それはよかった！」

「よかっただと？」バシル＝フロントが唖然としてくりかえす。「正気か？」

「ああ。殺される可能性もあった。きみは、それを望んだのか？」

「もちろん、そうではない」バシル＝フロントは仰天して応じ、「だが、きみのいいようは……」

「ニストルは、なにも話さなかったか？」

「話したとも！　きみを医師団に託したとたん、われわれに命令しはじめたぞ。こちらはすでに当初の驚きを克服し、損傷のはげしい船をはなれて反撃のチャンスをうかがっていたところだ。敵は《リーステルバアル》にかかりきりのように見えたから、好機はすぐに訪れた。ところが、ヘルクが反撃を禁じたのだ。われわれは抗議した。ヘルクの命令にしたがうつもりなどなかったから。たとえ、それが泉のマスターの側近だとしても」

「それは賢いとはいえなかったな」バーネット＝クプは非難の声をあげる。「ヘルクが伝えたのは、実際に泉のマスターの指示だったのだ」

「それは、まもなくわれわれにもわかった」と、バシル＝フロント。「プレウラン＝ヴァルトがニストルの肩を持ったから」

「プレウラン＝ヴァルトか！　《リーステルバアル》を脱出してきたのか？」

「ほかの乗員といっしょにな。パンカ＝スクリンは乗員全員に反撃を禁じ、可能であれば《リーステルバアル》から離脱するよう命じたようだ。プレウラン＝ヴァルトと乗員たちが搭載艇で船をはなれたとき、敵はまだ船内にいたらしい」

バーネット＝クプは安堵の息をついた。パンカ＝スクリンがおのれに告げた言葉を、まだおぼえている。泉のマスターが列挙した可能性のうち、比較的、好ましいものが現実となったわけだ。

この瞬間、病室の出入口が開き、不格好な金属構造体がはいってきた。ニストルの一エレメントだ。

「元気になったようですね。よろこぶべきことです」エレメントがバーネット＝クプを見ていう。

はたして、ヘルクによろこびを感じる能力がそなわっているものか、若い船長は疑問に思った。それでも、ロボットの言葉に感謝の意をしめす。

「すでに、状況の概要はつかめました」ヘルクはつづけて、「カイラクオラの船長と副長全員が《ゴンデルヴォルド》の司令室に集まっています……あなたがた、ふたりをのぞいて。これから重要な決定がくだされるところです」

「われわれもすぐに向かう、ニストル！」バーネット＝クプは、ヘルクの一エレメントに告げた。

＊

楕円形の司令室はざわめきで満ちていた。ヘルクの一エレメントが入室し、そのあとにバーネット＝クプとバシル＝フロントがつづくと、わずかにしずまる。とはいえ、すぐにまたもとの喧噪《けんそう》がもどった。ケルム＝ツァコルが人ごみをかきわけ、バーネット＝クプに近づくと、

「答えがわかったぞ！」と、大声をあげる。「きみのいうとおりだった！」

バーネット＝クプは一瞬とまどった。それから、おのれが《センセナイレ》船長に託した役目を思いだし、

「ポジトロニクスはなんといった、友よ？」と、たずねる。

「泉のマスターは、確信を持てない状況にあったようだ」と、ケルム＝ツァコルは熱心に説明。「物質の泉が近くに存在する証拠として、従来からいわれる三つのサインは見つけたのだが、パンカ＝スクリン自身が定めた第四のサインが見つからなかった。つまり、欠けていたのは……」

「……宇宙の城か」バーネット＝クプはさえぎる。

「ああ、それだ！」ケルム＝ツァコルが認めた。「たいした推理だな」

「推理したわけではない」と、バーネット＝クプは訂正し、「パンカ＝スクリン自身から聞いたのだ！」

ケルム＝ツァコルは、わずかに一歩さがる。

「きみは……」

その先は聞こえなかった。ふたたび九エレメントがそろったヘルクのニストルが、声をはりあげたのだ。司令室の中央に位置する、船長用制御コンソールの上を浮遊しながら、

「現状確認が完了しました！　われわれ、カイラクオラの乗員三名を失っています。敵の優勢と残忍さを考えると、これは運命の慈悲とみなすべきでしょう……一ヘルクがこのような言葉を発するのを、あなたがたが認めてくださるならば。

カイラクオラ船団において、ひきつづき長距離航行が可能な船は、一隻しかありません。《ゴンデルヴォルド》です。泉のマスターは、最後のメッセージとして、この船に特別な任務を託しました。船団をはなれて遠い異銀河に向かい、〝目〟が保管されている場所へ行くのです。のこりの船団メンバーは、なにか今後の策を練る必要があるでしょう。

わたしの役目は、目下のところ、これで終わりです。多くの方は、まだ心の準備ができていないかもしれません。泉のマスターはもうここにおらず、あなたがたに英知を授けることはできないのです。

それでも、わたしはパンカ＝スクリン本人から、自身の後継者としてだれを適任とみなしているか、聞きました。その人物は若輩ゆえ、威厳に欠けるかもしれませんが。先ほどもいったように、みなさんが一ヘルクの言葉を認めてくださるならば、提案しまし

ょう。あなたがたの信頼を、今後はこの船の船長、バーネット＝クプに向けるのです！」

そう告げると、ニストルは制御コンソールの上からおりてきて、聴衆にまぎれる。バーネット＝クプは、コンソールの奥にあるシートに跳びのった。ニストルの演説が終わったあと、室内はしずまりかえっている。

若い船長は、泉のマスターと最後にかわした言葉について語りはじめた。ただし、しかるべき命令もなしに、単座搭載艇で《リーステルバアル》に向かったいきさつには触れない。それを話せば、いたずらに混乱を招くだけだろう。そのかわり、パンカ＝スクリンがみずから進んで捕虜となったいきさつを話した。そうまでして、物質の泉の発見に必要な第四のサイン……宇宙の城を見つけることを切望したわけだ。最後に、こうつけくわえる。

「われわれには、泉のマスターの計画の詳細はわからない。それでも、賢者の英知が計画を成功に導くと信じよう。いつの日かきっと、パンカ＝スクリンはもどってくる。どこへもどってくるのか？　カイラクオラをのこして消えた、この場所以外、ありえない！　つまり、船団がここにのこるのは、痛手を負ったせいだけではないのだ。われわれには、泉のマスターの帰還を待つ義務がある！」

《リーステルバアル》乗員は、さしあたり指揮船にもどった。そこの高性能分析装置を用いて、百光年内に存在する異銀河のあらゆる恒星を入念に調査する。宇宙物理学の法則にもとづき、酸素大気圏のある惑星を持つ可能性として、ぜんぶで十四の恒星があげられた。

つづいて、十四恒星それぞれに、搭載艇三機からなる調査隊を派遣する。合計八つの調査隊が、居住に適する惑星を見つけるのに成功した。いずれにも知性体は存在しない。船長たちによる協議の結果、ここから四十八光年はなれた恒星をめぐる、最適な一惑星が選ばれた。

バーネット＝クプは、この惑星をエルスクリアノンと名づけた。〝泉のマスターの英知〟という意味だ。カイラクオラはそこに向かう。船はすでに修復ずみで、もっとも損傷の著しかったものでも、わずかな距離であれば航行可能になっていた。

ただ《リーステルバアル》だけは、その場にとどまり、エルスクリアノンの恒星との相対ポジションを一定にたもっている。これにより、泉のマスターの船をつねに惑星から監視できるのだ。船内には、パンカ＝スクリンがもどってきたとき、カイラクオラの待機ポジションがわかるよう、記録をのこしてある。

《ゴンデルヴォルド》は、エルスクリアノンまでの遠征に同行。バーネット＝クプは天国のような惑星で数日をすごした。ルーワーたちが運命をうけいれ、精力的にエルスクリアノンでの生活を築くようすを、満足して見守る。暖かい海岸ぞいに集落ができた。その背後に山脈が連なり、山頂には万年雪も見える。山脈は、冬の冷たい嵐から集落を守ることだろう。

だが、若い船長はここに長居するつもりはなかった。おのれの使命をはたさなければ。パンカ＝スクリンがいつもどってくるかは、だれにもわからない。それでも、〝目〟を手にいれるのだ。そして、泉のマスターが帰還したあかつきには、ここエルスクリアノンで迎えたい。物質の泉の捜索は大事な局面にはいった。ルーワー種族が太古からの夢を実現しようという瞬間に、運命はおのれに重要な役目を授けたのである。そのことに感謝しよう。

ヘルクはすでに《ゴンデルヴォルド》の詳細な点検を終えていた。その報告は、とうてい楽観的なものとはいえない。バーネット＝クプの船は未知攻撃者の核放射でかなりの損傷をうけ、重要な構成部品の疲労が目だつ。ヘルゴ＝ツォヴランから受信したメッセージにある異銀河まで、到達はできるだろうが、塔守の住むその惑星に向かう前に、大規模な修理が必要だ。

バーネット＝クプは実現態哲学者の冷静さで、ニストルの報告をうけとめた。不可抗力のことがらについて、嘆いても意味がない。友ケルム＝ツァコルとバシル＝フロント、最年長艇長プレウラン＝ヴァルトに別れを告げると、エルスクリアノンで待つルーワーたちの希望と祈りを乗せ、まもなく《ゴンデルヴォルド》は旅だった。

＊

標準暦三五八六年十二月四日、インペリウム＝アルファのモニター・センターで、リレーメッセージを受信した。内容は次のとおり。

「モニター・ステーション、ベータ・ベータより本部へ。北方八度の方角から銀河系に進入する未知の飛行体を発見。この飛行体は標準時十四時二十八分、ハイパー空間から出現したもよう。それ以降、エンジンを停止し、非相対的速度でもとのコースをたもっている。出現時の付随現象ならびに探知特徴によれば、ルーワーの宇宙船と推測されるが、介入は必要か？」

当直将校は、モニター・ステーションのデータをポジトロニクスからただちに入手した。

ベータ・ベータは銀河系の辺縁、銀河面の上方へ数光年はなれたところに位置する。高感度探知機をひととおり装備し、虚無空間から銀河系への進入を監視する役目をになっていた。ただし、往来を制御・阻止するのが任務ではない。人類の原郷以外における権力追求はすべて放棄するというのが、自由テラナー連盟の原則だからだ。モニター・ステーションはたんに監視機能のみを持ち、テラナーが銀河系への進入者を把握できるようにしている。そのほか、ベータ・ベータには中型船十七隻も配備されていた。おもに、交代要員と供給物資の輸送にあたる船だ。ステーションは、厳密にいえば軍事基地ではない。攻撃をうければ、防戦も可能だが。

当直将校はメッセージの重要性にかんがみ、ただちにテラの保安当局に報告。この判断が賢明だったことは、すぐに証明された。わずか数分後に返答があったのだ。ロナルド・テケナーの指示は明瞭なものだった。

「ルーワー船を拿捕《だほ》せよ。火星の基地と交信させてはならない」

7

グレイの使者が到着したとき、ヴァジランとオクリドンは、いつものようにその場にいた。今回はヴァジランの第二副官、スッァロもいっしょである。ずんぐりした体型で、頭は磨かれたリンゴのようになめらかだ……肉垂でできた〝とさか〟をのぞいて。とさかは額から頭頂部に向かって伸び、うなじにまでいたる。興奮すると逆立ち、その色で喜怒哀楽がわかるのだ。

ツァフール三人は、到着したグレイの使者に乗りこんだ。ヴァジランはロボット船の長旅の記録を入念に確認しおえると、口を開く。

「成功だ！　船団が宿の主人を捕らえ、ここに連れてくる！」

「やれやれ！」スッァロが応じた。「われわれが、この不快な監獄を脱出できるのも、まもなくですな！」

ヴァジランは警告するように、

「期待しすぎないほうがいい。ほんものの宿の主人かどうか、いまのところ不明なのだから。存在空間と非存在空間の境界に接近できるのは、宿の主人だけだと考えて、オクリドンがそう推測したわけだが」

「ただ、つねに計算にいれておかなければ」オクリドンがあわてててつけくわえる。まったくの期待はずれに終わるかもしれない責任を、すべて押しつけられてはかなわない。

「グレイの使者が、境界でなにかに遭遇するかもしれません。どれほど危険な宙域なのか、だれでも知っていますから！」

ヴァジランは話題を変え、

「ミリミトとションカルはどこだ？」と、たずねた。

オクリドンの顔に不快感が浮かび、

「いわせてもらいますが、わたしの知ったことではありません」と、応じる。「それにしても、任務をなおざりにしてばかりいるのは気にいらない。最近は目にあまるほど、ふたりそろって頻繁に姿を消すようになりましたな」

ヴァジランがきいたのは、若い副官ふたりのことだ。副官はぜんぶで四人。ションカルは、ずっと昔から次兄という高官職についている。それに対し、ミリミトは近ごろ任命されたばかりである。

「ションカルは信頼のおける、忠実な副官だった……ミリミトがくわわるまでは」長兄は考えこみ、「この状態がこれからもつづくようなら、ミリミトの降格を検討しなければば」

そう告げると、あたりを見まわし、「とりあえず、いまはより重要な任務にあたるときだ」と、つづけた。「グレイの使者の船団が捕虜を連れ、こちらに向かっている。これをボロンツォトに知らせるのだ。真正ツァフール兄弟団と、そのように約束したのだから」

「真正ツァフールですと！」スツァロが軽蔑するようになり、「かれらのどこが、われわれよりも〝真正〟なのでしょう？」

「名称など、ただの雑音にすぎないさ」と、ヴァジランはなだめる。「ボロンツォトとその部下が自身をなんと呼ぼうと、われわれには関係ない。わかっているだろう。宿の主人を手にいれたら、あとはこちらの思いのままだ」

＊

そのころ、ツァフールたちが〝大型宿〟と呼ぶ巨大複合体のべつの場所で、〝横目使い〟のサルサパルが副官のプリットと話をしていた。プリットはきわめて優秀なスパイで、〝俊足〟という異名を持つ。

サルサパルは独立姉妹団のリーダーで、〝横目使い〟というあだ名に誇りを持っていた。これは、生まれながらに授かった三つの目にちなんだもの。ふたつは鼻のつけ根の左側に押しあうようにならび、ひとつは反対側にある。ものを見るのに、三つ目すべてを使うことはない。対象物との距離に応じて、三つのうち最適な間隔のふたつを選ぶのだ。これにより、一メートルから百メートルまで、一センチメートル単位で正確な距離の計測が可能となる。

独立姉妹団のリーダーは、テラの慣用句でいえば〝目がつぶれるほど〟醜い。年齢不詳だが、いずれにせよ、かなりの高齢だろう。身なりにかまわないせいか、衣服は型崩れし、色もあせている。おまけに、まるで何週間もからだを洗っていないような悪臭がした。

それに対しプリットは、たとえばテラニア・シティのように恵まれた環境下でさえ、男たちの視線を釘づけにしただろう。若く美しく、魅惑的な女性だ。緑の眼光は、ときに、なにもかも見とおすかのように鋭くなる。もっとも、眼光が鋭くなるのは、リーダーの命をうけ、任務についているときだけだが。色とりどりのパッチワークでできた衣服が、若い肢体の魅力を充分にひきたてていた。

「宿の主人だって?」このときサルサパルは、興奮をあらわにいったもの。「本当に宿の主人だと確信しているのか?」

「オクリドンがそういっていました」プリットが応じる。「信じているようです!」

「グレイの使者が宿の主人を連れてもどったら、どうするつもりだろうか?」

「まず、ボロンツォトに会わせるようです。ヴァジランが、王とそのように合意したとか」

サルサパルは歯ぎしりして、

「ボロンツォト、太ったヒキガエルめ！　勝手によだれでも垂らしていろ。宿の主人をわたすものか。ひとりじめするつもりにちがいない……二空間の境界を克服できる者こそ、権力を握れるから。もっとも、権力を得るにふさわしいのはわれわれのほうだ！　グレイの使者の到着がいつになるか、わかるか？」

「ションカルの話では、先発隊の到着後、二、三日で全船が到着するようです」

「二、三日か」サルサパルはつぶやき、左側の目ふたつで、薄暗い部屋のもっとも遠いすみを見すえた。「なにか策を練ろう。最新情報をつねに報告してもらいたい。それがとりわけ重要だ」

「可能なかぎり、そうします」プリットが約束した。「ですが、ヴァジランとその部下が、徐々にわたしを疑いはじめています。より長く、かれらのそばにとどまるようにしなければ。そうなると、あなたのところにもどれなくなりますが」

リーダーは理解をしめし、

「メッセンジャーを派遣しよう」と、約束した。「新しい情報があれば、メッセンジャーに託すのだ。そうすれば、ここまで往復する時間がはぶけるだろう」

8

パンカ＝スクリンは、異宇宙船内の殺風景な一室に監禁された。外界から完全に隔離されたため、船の移動方法についてなにも情報を得られない。ロボットからは何時間も音沙汰がなく、船がすでに出発したのか、あるいはまだ《リーステルバアル》の近くにいるのか、それさえわからなかった。もっとも、すでに発進していたとしたら、船の建造者に対して、その駆動技術がルーワーのものにひけをとらないということを、認めざるをえないところだが。

しばらくして、なんの前触れもなく異変が起きた。監禁されている部屋がいきなり膨張し、ふたたびもとの大きさにもどったように見えたのだ。同時に、とほうもない圧力を感じ、からだが床に押しつけられる。これが何度もくりかえされ、最後にとりわけ強い圧力にさらされたため、意識を失いそうになった。

その後はなにごともなくすぎていく。パンカ＝スクリンは先ほどの影響を克服するため、半時間ほど瞑想した。この事象自体は不可解なものではない。それどころか、正確になにが起きたかわかる。重力乱流宙域にはいりこんだのだ。乱流がはげしすぎて、船のエネルギー・バリアでは完全に遮断できなかったのだろう。

不可解なのは、航法士がこの宙域を避けなかった理由である。唯一、納得のいく説明は、乱流宙域が航路上の特異点にあるため、目標にいたるためには不可避だったということくらいか。

考えを進めていくうち、興奮をおぼえた。この特異点こそ、《リーステルバアル》で宇宙の城を探していたときに、見落としたものだったのではないか？　より多くの情報が必要だ。とはいえ、監房のハッチは厳重に施錠されており、声をかけてもなんの反応もない。

さらに一時間が経過。乱流宙域の謎の解明については、とりあえずあきらめた。すると突然ハッチが開き、シリンダー型ロボットが浮遊しながらはいってきて、

「到着しました」と、告げる。「ついてきてください。ボロンツォトの使者にひきわたします！」

パンカ＝スクリンは拒否しなかった。

「先ほどの揺れはなんだ？」がらんとした長い通廊を進みながら、ロボットにたずねてみる。

「〝永遠の嵐〟です」と、返答があった。「危険なものであり、多くの犠牲者が出てい

ます。われわれは今回も幸運でしたが」

これをどう解釈したものか。泉のマスターは、ロボットから理解可能な説明を得ようと必死に試みたが、徒労に終わる。

多種多様な装置がひしめく、ひろい部屋に出た。奥には巨大スクリーンがある。そこにうつしだされた奇妙な映像を目にし、パンカ＝スクリンは思わず立ちどまった。

目にうつるものが、はたして自然の天体か、それとも人工構造体なのか、はっきりわからない。あるいはその両方……つまり、小惑星の表面に、信じがたいほどの数の建造物が乱立しているようにも見える。この奇妙な物体の大きさは、映像からは推測しがたい。とはいえ、スクリーン上の建造物が通常の大きさだとすれば、全体の長さは七、八十キロメートルといったところだろう。

未知の建築家は、ひょろりとした高層建物を理想的な建築美とみなしたにちがいない。建物のほとんどが、高くそびえ立つ細い塔なのだ。あまりに密集しているため、防衛態勢にはいったハリネズミの針を彷彿《ほうふつ》させる。

そのなかに、ほかの建物にくらべて格段に高い塔が五本、見られた。ほぼ等間隔で、小惑星表面に建ちならぶ。こちらからは見えない反対側にも、同様の塔がありそうだ。

シリンダー型ロボットは、泉のマスターがこの奇妙な映像に魅了されていると気づいたらしく、

「あれが大型宿です」と、説明した。

ロボット船が奇妙な物体に近づくにつれて、林立する塔から前につきだすように設置されたプラットフォームが、いくつか見えた。そのうち最大のものは、面積が百平方キロメートルはあるだろう。ロボット船はそこに着陸。プラットフォーム上にそびえる上部構造には太陽灯が設置され、巨大な着陸床を乳白色の光で照らしだしている。同様の照明が、無数のはりだし部や塔の先端に設置されていた。おかげで〝大型宿〟は目視可能だが、この宇宙セクターにはごくわずかしか恒星が存在しないらしく、巨大構造物を明るく照らすものは近くになさそうだ。

「先に進みましょう」ロボットがうながす。

やがて、ひろいエアロックに到達。内側ハッチは開いている。泉のマスターの宇宙服のヘルメットは開いたままだが、閉じるようにいわれなかった。着陸予定のプラットフォームには、呼吸可能な空気があるのだろう。

外側ハッチ上部の表示灯が着陸完了をしめすと、ハッチが開く。輝くエネルギーの橋が、エアロックから着陸床までつづいていた。ロボットが先導する。

橋の先端に五つのシルエットが見えた。その外見はルーワーとも、これまでいっしょにいたロボットとも、かなり異なる。二本足で立ち、五人のうち四人には上肢が二本、もっとも長身の異人には三本あった。肩の上には頸部らしきものがあり、その上に、しなやかに動く塊茎状のものがつきでている。そこに、おもな感覚・意思疎通器官が集まっているようだ。

パンカ＝スクリンは宇宙の深淵を無限に旅するあいだ、この手の存在にしばしば遭遇したもの。おもに酸素惑星の環境のもと、このような生物が生みだされるのだ。繊細な存在で、環境条件の大きな変化には対応できないが、理想的な条件下では驚くような創造性を発揮する。

泉のマスターは慎重に橋を進み、そのあとにシリンダー型ロボットがつづいた。異人たちの頭部に輝くボタン型のものが、視覚器官の働きをするようだ。こちらの動きひとつひとつを追うように動いている。

橋をわたりきったところで、ロボットはわきをとおりすぎ、異人五人に近づいた。なにやら理解できない言葉で短く報告すると、パンカ＝スクリンに向きなおり、ボロンツォト
「テクノ・ソナー兄弟団の長兄、ヴァジランにあなたをひきわたします。パンカ＝スクリンのもとへ連れていくのは、長兄の役目ですから」と、告げる。

＊

パンカ＝スクリンから見ると、ヴァジランはなみはずれた巨漢であった。非常にけばけばしい色の衣服をはためかせている。長く見つめていると、目が痛くなるほどだ。頸

にかかった輝くチェーンには、小型装置がさがっている。そこからルーワー語が響いてきた。

「ようこそ、宿の主人！　王は、あなたの到着を待ちこがれています！」

〝宿の主人〟という奇妙な名で呼ばれるのは、これで二度めだ。否定しようかと思ったが、現状にかんがみ、考えをあらためる。いまここで勘ちがいを訂正するのは、危険かもしれない。宿の主人とは、異人たちが長いあいだ探しもとめ、その到着を心待ちにしていた存在であろう。それがなんであれ、宿の主人だと思われているあいだは安全だ。だが、おのれが異人の考えているような存在ではないとわかれば、始末しようと考えるかもしれない。そこで、

「いっしょに行こう」と、応じた。

この答えが合図であったかのように、軽く湾曲した円盤型機体が近づいてくる。テクノ・ソナー兄弟団は、まず客人に……あるいは、捕虜に……手を貸し、機体に乗りこませてから、みずからも乗りこんだ。兄弟団のひとりが操縦席につく。筆舌につくしがたいほど太っている。腕は脚の二倍の長さがあり、ぶよぶよの短足だけで歩くより、手足四本を用いたほうが機敏に動けるらしい。ションカルと呼ばれていることが、まもなくわかった。

円盤は広大なプラットフォーム上を滑るように移動。金属プラットフォームの奥のあ

たりは建造物にとりこまれ、巨大ホールを形成している。そこではテクノ・ソナー兄弟団メンバーと呼ばれる数百人が、さまざまな技術装置を用い、作業にあたっていた。建造中の宇宙船が目にとまる。外殻は、カイラクオラを襲ったロボット船と同様、不格好な楕円形だ。

ホールの先には、明るく照らされたひろい通りがつづいた。おだやかなカーブを描く道路は多種多様な車輌であふれ、場所によって、のぼり坂やくだり坂となる。いたるところで、あらゆる方向に伸びる側道と交差しており、ひろい幹線道路と交わるところでは、巨大な広場が出現。ヴァジランの同胞たちであふれている。道路の両側の壁の向こうになにがあるのかは、いまのところわからない。長兄が種族の日常について、美辞麗句をならべて説明した。

この種族はツァフールと名のり、建物が密集したこの小惑星を故郷とみなしている。小惑星の名は〝大型宿〟だ。この名称には特別な意味がありそうだが、ヴァジランはそれを明かそうとはしない。

ツァフールは複数のグループにわかれているようだ。グループは通常、〝兄弟団〟あるいは〝姉妹団〟という名だが、隊、組合組織、信奉者団体、政党、会派など、さまざまな名称で呼ばれるものもある。これらのグループ間の関係は、かならずしも良好ではなさそうだ。ヴァジランがそう説明したのではなく、パンカ＝スクリンみずから気づいたのだが。

泉のマスターは方向感覚にすぐれている。そのため、道がときおり大きく湾曲し、またすぐにもとのコースにもどったことに気づいた。まわり道を合計すれば、数キロメートルにおよぶだろう。ヴァジランに理由をたずねてみる。

テクノ・ソナー兄弟団の長兄は、はじめ答えにとまどっていたが、やがて説明しはじめた。

「大型宿には、女ばかりの姉妹団が住む高い塔が、ぜんぶで八本あるのでして。それぞれの塔に一姉妹団が暮らし、団長が指揮をになっています。すべての姉妹団を支配するのが女王で、その名はガルロッタ。背が高く、いやな女で、信じられないほどの権力欲にとりつかれています。女どもの住む領域を、避けるにこしたことはありません。連中には用心しなければ。今回は、独立姉妹団の女たちが住む塔の基礎部を避けるため、まわり道しました。団長は横目使いのサルサパル。とりわけ、あつかいにくい存在です」

パンカ＝スクリンは、それ以上たずねようとはしなかった。実現態思考者にとり、このようにせまい空間に暮らしながら、たがいに反目しあうような種族は、理解しがたい。過密状態であるのは、どこを見てもはっきりわかるのだから、考えうる解決法はただひとつ……協力しあうことだけだ。もっとも、泉のマスターはこれまでの豊富な経験から、知っている。宇宙に存在する知性体の大多数は、意識レベルをひとつしか持たない。それはツァフールも同じだろう。争いは、実現態で思考できないことの、直接的な結果である。

これを考察するには、観察をつづけるのが重要だろう。道路、交差点、大広場……どこを見ても、生物だらけだ。小惑星上の建造物は、多種多様な外見をした、想像を絶するほど多数のツァフールであふれている。

円盤型機体はようやく目的地に到着した。幹線道路から、交通量のすくない側道に進み、ドーム型屋根におおわれた円形広場に出る。奥に、贅沢に飾られた巨大な門が見えた。そこに、ヴァジランよりも派手な感じの衣服を身につけた一行が近づいてくる。もっとも、色彩には統一感があるから、制服にちがいない。

円盤は制服部隊のすぐ前に着陸。ヴァジランが機体のはしから跳びおり、パンカ＝スクリンには理解できない言葉で短く報告した。泉のマスターも機体から降ろされる。部隊の代表は、テクノ・ソナー兄弟団の長兄と同様の機器を首からさげていた。挨拶のつもりだろう、なんらかのジェスチャーをしてから話しはじめる。

「おいでになるのを心待ちにしていました、宿の主人。ここからは、ヴァジランにかわってご案内します。王もすでにお待ちです！」

＊

ヴァジランとその一行は、宿の主人を送りとどけると、プラットフォームにもどった。プラットフォームとその周辺がテクノ・ソナー兄弟団の本拠地だ。ひろい金属面でこそ、快適にすごせる。建物内の過密状態は、どうもおちつけないのだ。はげしい交通量にかかわらず、ションカルが高速で円盤を飛ばしているのも、そのせいかもしれない。

ヴァジラン、オクリドン、スツァロ、ションカルにつづく五人めのメンバーは、華奢なからだつきだ。とりわけ目だつのは、大きさの異なるふたつの頭部で、どちらも完全に発達しており、たがいに対話することもあった。名はミリミトといい、ヴァジランのもっとも若い副官である。

途中、オクリドンが疑問の声をあげた。

「もし、ボロンツォトが宿の主人をひとりじめした場合、われわれの計画はどうなるので？」

ヴァジランはかすれ声で笑いながら、

「そうしたければ、するがいい」と、応じる。「大型宿からぬけだすには、宇宙船が必要だ。それは、宿の主人がいようがいまいが同じこと。とはいえ、宇宙船を建造するには、宿の主人の助言が不可欠だが。死をもたらす〝境界〟を無事にこえる方法を知っているのは、宿の主人だけだから。それについて助言をあたえる場所は、船の建造現場……すなわち、プラットフォームになるはず。そこにあらわれたら、奪うのだ。二度とボロンツォトにわたすものか」

この短い会話のあいだも、ションカルは相《あ》いかわらず気がせいているらしく、円盤型機体を高速で大きな広場に向かわせる。偶然ヴァジランが外を見ると、べつの二機がなめ後方から近づいてきた。交通量がはげしく、どこにもよける場所はない。

「気をつけろ、ションカル！」長兄は叫ぶ。

だが、すでに遅すぎた。三機が大きな音とともに衝突。エンジンがけたたましい音をたて、機体は停止し、そのまま地面に落下する。

ヴァジランは機体から投げだされたが、朦朧としながらも、なんとか起きあがった。すぐそばで奇妙な光景を目撃する。ミリミトも同様に投げだされ、はげしく地面に打ちつけられたらしく、ふたつある頭部のうち、ちいさいほうが肩からひきちぎれていたのだ。だが、驚いたことには、すでに立ちあがっているではないか。しかも、衣服がひどく損傷し……亀裂がはしっている！

「待て！　それはなんだ？」と、ヴァジラン。

ミリミトは長兄を見つめていたが、やがておのれの衣服をつかみ、ふたつにひきさいた。それは布でなく、からだを甲羅のようにつつむ硬い素材だ。そのなかから、もとのミリミト以上に華奢な人物があらわれる。ヴァジランは驚きにわれを忘れて見つめた……かつての副官が、若く美しい女に変身するさまを。女が頭部からマスクをはぎとると、赤みがかった豊かな髪が、細い肩にふわりと落ちる。

「裏切り者!」ヴァジランは叫んだ。

その男……いや、女はすでに動きはじめ、信じられないほどの機敏さで、事故現場周辺の混乱のなかに消えた。ヴァジランは追跡しようとしたが、数歩進んだところで気づく。〝俊足〟に追いつくのは不可能だと。

振りかえった長兄の顔は怒りに満ちていた。すでにある程度、事態を把握したのだ。ようやく立ちあがったションカルに向かって、

「やつが女だと知っていたのだな!」と、どなりつける。

ションカルは、事故の混乱のせいもあり、きびしい追及にいいわけも思いつかない。「はい」と、うちひしがれながら認めた。「あの女は、わが暗黒の人生の光でして。愛しているのです!」

ヴァジランは服のあいだから細い棍棒のようなものをとりだし、

「宿の主人についても話したのか!」と、うなるようにいう。「つまり、女たちは宿の主人の到着を知ったわけだ。奪われないよう、よほど注意しなければ。これがなにを意味するか、わかっているのか? 裏切り者!」

棍棒を高く振りあげた。まるい先端から、青白く鈍い閃光がはしる。ションカルは長い腕を空に向かって伸ばし、目を大きく見ひらいた。うめき声を漏らすと、倒れたまま

動かなくなる。

事故に巻きこまれた一機の所有者がヴァジランに近づき、

「もっと部下に注意させたらどうだ！」と、脅すようにいった。

ヴァジランは、まだ棍棒を手にかまえたまま、

「部下をどう罰したか、見なかったのか？」そういうと、三本腕のひとつで動かなくなったションカルをさししめす。

「見たさ。で、だれがこちらの損害を補償してくれる？」

ヴァジランは棍棒をさらに高く振りあげた。相手は蒼白になり、一歩さがると、

「王に報告するぞ」と、口ごもる。

「勝手にするがいい！」

ヴァジランは意地悪く応じ、すぐにオクリドンとスツァロに向きなおった。

「ただちにひきかえすぞ！　女どもが宿の主人の存在を知ったとすれば、危険だ。場合によっては、ボロンツォトもあぶないかもしれない！」

9

横目使いのサルサパルは、巧妙に策を練ったもの。王は、宿の主人をおのれの目玉のように大切に守ろうとするにちがいない。だから、ことを起こす前に、まず王を油断させなければ。それから、ボロンツォトがだれも手だしできないと考えている場所に、攻撃をしかけるのだ……つまり、王の宮殿に。

横目使いはこの計画を女王に提案した。ガルロッタは同意しただけでなく、女戦士の強力な一部隊を提供する。

ここまでは順調だった。ところが、ついに俊足プリットが、ひどく興奮したようすで駆けもどってくると、息をととのえる間もなく、報告したのである。

「正体がばれました！　わたしがスパイだと、ヴァジランに知られたのです！」

横目使いは大儀そうに椅子から立ちあがり、

「詳細を話してみよ！」と、命令。

プリットは広場での事故について語った。サルサパルは非対称的な顔を震わせ、とうとう口を開く。

「マスクが壊れ、頭部がひとつ転げおちたときの、連中の顔を見たかったぞ。高価な変装道具を失ったのは遺憾だが」

すぐに真顔にもどり、

「ただちに手を打とう。やつより先に、宮殿に到達しなければ。ヴァジランは最優先でボロンツォトに警告するはず。そうさせてはならない」

独立姉妹団は機動性に富んだ組織である。これは、前任の団長が導入し、横目使いがさらに強化したものだ。この組織の長所が、いま生かされる。リーダーはほんの数分で五十人以上の部隊を編成し、武器を分配。武器といっても、そのほとんどは、棍棒、槍、紐でふりまわす小型金属球などの原始的なものである。サルサパルだけが、最新の武器……不格好なブラスターを携行していた。

副官が、さらに大人数の部隊編成に携わる。リーダーひきいる部隊が困難におちいり、援軍を必要としたときのため、後方待機させるのだ。プリットはこの両部隊の使者となる。彼女より速く走れる者はいないから。

女戦士部隊は徒歩で進んだ。これには理由がある。真正ツァフール兄弟団の領域に侵入するさい、姿を見せないようにしないと、たちまち群衆にかこまれるだろう。このような作戦の場合、独立姉妹団は秘密の通廊を利用する。壁や基礎部の内側、あるいは硬い岩盤をくりぬいたものだ。

このうち、岩盤をくりぬいた通廊は、ボロンツォトの兵士に見つかる危険性がもっとも低い。盲目のツァフールが支配者ツルマウストと暮らす、地下帝国付近をとおるから。真正ツァフール兄弟団は、盲者たちに近づくのを恐れていた。もっとも、サルサパルの戦士たちも、地下トンネルを利用するのは、ほかにどうしようもないときだけだ。女たちもまた、ツルマウストの集団には近づきたくないから。

とはいえ、ボロンツォトの宮殿に侵攻する手段はかぎられている。道はひとつしかない。女王ガルロッタが、強力な兄弟団のリーダーに圧力をかけようと決定してから、最近に完成させたものだ。

大型宿で女たちが真の優位をたもつために、もっとも効果的な手段は、その兄弟団の指揮官すなわち王を誘拐すること。とはいえ、誘拐するには、相手の本拠地に侵入する必要がある。サルサパルの支配領域は、大規模グループである真正ツァフール兄弟団の領域に近い。そこで、ボロンツォトの宮殿への侵入路を確保するよう、女王から命じられたのである。この作業はすこし前に完了していた。その努力が役だつときがきたわけだ。

トンネルは独立姉妹団の住む塔の基礎部にはじまり、ボロンツォトの領域にあたる、いりくんだ通廊や通りの下をとおる。宮殿の真下で直角に上昇し、シャフトとなって地下室につながっていた。秘密通廊が事前に発見されないよう、シャフト最上部には、地下室の床にあたる薄い板がのこしてある。

サルサパルと女戦士たちは、一時間もしないうちに宮殿に到着。だが、横目使いはおちつかない。刻一刻と、ヴァジランに先をこされる可能性が高くなるのだから。ボロンツォトの宮殿に警戒態勢が敷かれたら、宿の主人を奪うのは不可能だ。

サルサパルはシャフト最上部の薄い板をとりはずさい、みずから手を貸した。ベトン製の薄板は、女たちの力にしばらく耐えたが、やがてきしむような音をたてて割れる。数秒後、サルサパル一行は王の宮殿の地下室に到達した。

＊

パンカ＝スクリンは巨大な階段の前に連れていかれた。段差が大きく、ルーワーの短い足であがるのは困難だ。ツァフールが人工重力技術を持つことは、とうにわかっている。階段のかわりに、反重力シャフトを設置できたはず。つまり、この階段には儀礼的な意味があるのだろう。これも実現態思考に反する。非論理的理由により、簡便さよりも難儀なものを優先するとは。

泉のマスターは制服姿の親衛隊に護衛され、かなりひろく天井の高いホールに到着した。その奥の、やはり階段がついた台座の上に、巨大な椅子が設置され、一ツァフールがくつろいで腰かけている。長兄ヴァジランよりも、さらに頑強で長身だ。肥満体に、けばけばしい色の衣服を身につけている。台座のまわりをツァフールの一群がかこんでいた。王の廷臣だろう。ということは、玉座の巨漢が、真正ツァフール兄弟団の王、ボロンツォトにちがいない。

パンカ＝スクリンは親衛隊にうながされ、台座の最下段まで進んだ。そこで、ツァフールたちが予想もしなかったであろう行動に出る。床に腰をおろし、くつろいでみせたのだ。廷臣から非難の声があがる。泉のマスターは、敵対心に満ちた視線をいくつも感じた。ボロンツォトが、みずからの目を疑うように玉座から身を乗りだすが、それでも平静をよそおう。視覚器官で周囲の奇妙な光景をとらえ、分析してみた。

ツァフールの外見は、ほとんど信じがたいほど多様だ。大型宿の住民は一見、生物学的に、数ダースの異なる種で構成されるように見える。頭部がふたつある者もいれば、ひとつ、あるいはまったくない者もいた。一本、二本あるいは三本の腕を持つ者。脚の数も同様だ。身長は半メートルから二メートルまで幅があり、横幅も同様に異常なほど個体差がある。

だが、パンカ＝スクリンは確信した。個体差がきわめて大きいものの、ツァフールは生物学的にはひとつの種で構成されている。その遠い祖先は、二本ずつの手足に、思考中枢と重要な感覚器官がおさまった頭部ひとつを持っていたのだろう。おもに酸素惑星の住民に見られる、左右対称の生物だ。ところが、数世代にわたり、突然変異に見舞われたにちがいない。大気が薄く、宇宙からの放射の影響が大きいせいだろう。現在見られるような多様性は、無数の突然変異をくりかえした結果ということ。

それ以上、考察をつづけることはできなかった。ボロンツォトがおちつきをとりもどしたのだ。廷臣に対し、目の前の客人の無礼を許すよう、伝えている。

王は、これまで話しかけてきた者すべてが所持していたのと同じような装置を用い、声をかけてきた。

「あなたは宿の主人か？」

予想どおりの言葉だ。

＊

「〝宿の主人〟がなにを意味するのか、わからないが」パンカ＝スクリンは用意しておいたとおりに答える。「そちらの言語では特別な意味を持つのだろう。質問に答えるためには、宿の主人とやらについてくわしく知る必要がある」

廷臣のあいだに、ふたたびざわめきがひろがった。パンカ＝スクリンはまだ、ツァフトールの表情を読みとれるまでにはならないものの、当惑した視線をかわしているように見える。宿の主人当人が、おのれ自身をほんものかどうかわからないとは、とうてい理解できないのだろう。

「宿の主人とは」と、ボロンツォトが口を開く。「こうした大型宿を所有している……あるいは、所有していた者のことだ。境界を……」

その先はつづけられない。先ほどパンカ＝スクリンがとおりぬけてきたホール後方の門が開き、叫び声が聞こえたのだ。王の親衛隊がツァフールの小グループを押しもどそうとしている。パンカ＝スクリンはすぐに、肩幅がひろく猪首《いくび》のヴァジランの姿をグループ内に発見。親衛隊が、テクノ・ソナー兄弟団をほとんど追いかえしたように見えたとき、ヴァジランが叫んだ。

「危険だ！　横目使いのサルサパルは、王が宿の主人を手にいれたことを知っている！」

ボロンツォトは横柄に、

「その男をこちらに！」と、部隊に命じる。

この瞬間、正真正銘の混乱がはじまった。拷問にかけられた悪魔数千が発するようなはげしい声が、開かれた門から聞こえてきたのだ。王の指示に気をとられていた親衛隊がふたたび門を見やると、ツァフールの一団が叫び声をあげながら、ホールになだれこんできた。これまで見たどのツァフールよりも、平均的に小柄で華奢な体型の一団だと、ひと目でわかる。もっとも、意志の強さでは、ほかのだれにもひけをとらないようだ。

ヴァジランや王たちの敵対勢力にちがいない。

ボロンツォトは叫び声をあげ、跳びあがった。言葉の意味は理解できないが、その声から不安がはっきりと聞きとれる。

真正ツァフール兄弟団は、このような奇襲を予期していなかったのだろう。親衛隊は、ショックから立ちなおる前に、棍棒による先制攻撃をうけた。王ボロンツォトは後方出口から逃げだす。廷臣もあとにつづこうとするが、せまい扉から全員が脱出する前に、攻撃者が襲いかかった。

パンカ＝スクリンの近くで三つ目の女が、意識を失った親衛隊の隊員の上にかがみこみ、首からさげていた小型機器を奪う。三つ目は機器の紐を首にかけ、こちらに近づくと、話しかけてきた。

「わたしは横目使いのサルサパル！　先ほどヴァジランが叫んだとき、わが名が聞こえたはず。独立姉妹団のリーダーだ。あなたを迎えにきた。宿の主人を客人として迎えいれることができるのは、われわれだけだろう！」

＊

その後の数分間は、つねに冷静なパンカ＝スクリンにとっても、混乱をきわめたものであった。

サルサパルが部隊の半数になにか命じる。自身に関する命令のようだと、泉のマスターは思った。たちまち、命令をうけた女たちにとりかこまれ、大急ぎで誘導されることになったから。種族を特徴づけるこの性急さは、まちがいなく、実現態の完全な欠如のあらわれであろう。パンカ＝スクリンは女戦士たちに遅れをとらないよう、全力疾走しなければならなかった。サルサパルはのこりの部隊とともにとどまり、後方支援にあたっているようだ。

長く暗い通廊を進み、明るく照らされた大ホールに到達した。そこで突然、女たちが歩みをゆるめる。安全圏内にはいったのだろう。反重力シャフトに導かれ、かなりの距離を上方に移動。シャフトを出ると、行きついた先は、ルーワーの目からすると贅沢すぎるほどの部屋であった。女のひとりが、ここでくつろぐよう身ぶりでしめす。おのれの体型に適した椅子が見つからなかったため、パンカ＝スクリンは、床にすわって待つことにした。

もっとも、長く待つ必要はなかったが。まもなく扉が開き、横目使いのサルサパルがあらわれたのだ。目を輝かせながら話しはじめる。小型トランスレーターから言葉がほとばしった。

「作戦は大成功だ！　ボロンツォトがショックから立ちなおったのは、われわれがすでに撤退したあとだった。ここまで追いかけてくるほど勇敢な者は、真正ツァフール兄弟団とやらにはいないぞ」

勝利のうれしさに、興奮をかくしきれないようだ。ツァフールという種族は、奇妙な才能の持ち主にちがいない……争いと不和を楽しんでいるのだから。これもまた、実現態の欠如のあらわれだといえる。

サルサパルは椅子のひとつに腰をおろした。簡素な服装だ。モノトーンのガウンのようなもので身をつつんでいる。

「教えてもらいたい、宿の主人！　いつ、われわれをこの牢獄から解放してくれるのか」

「牢獄とは、大型宿のことか？」パンカ＝スクリンは、はぐらかすように答えた。「牢獄以外のなんだというのだ？」と、横目使いが大声をあげる。「われらが祖先はここを好んだかもしれない。だからこそ、ムルコンを排除し、この小惑星を占拠したのだろう。だが、人口が増えすぎた！　この大型宿に何十万、何百万のツァフールが住むのか、だれも知らない！　われわれ女は、ずっと前から意見を述べてきたが、男どもはわれわれの主張に耳をかたむけたか？　いや、聞く耳を持たなかった！　ひきつづき、たくさんの子供が生まれている。いつの日か、生きのびるために共食いするはめになるだろう。さ、宿の主人よ、いつ、われわれをここから導きだしてくれるのだ？」

パンカ＝スクリンは、途中から、横目使いの饒舌な話がほとんど耳にはいらなくなった。話のなかに出た、ある名前に気をとられたのだ。

「ムルコンといったか？」と、たずねてみる。

「そう、ムルコンだ」と、サルサパル。「それがどうした？　ひょっとしたら、知りあいか？　いや、そんなはずはない。あなたの年齢は想像もつかないが、ムルコンは、とほうもなく過去の存在だから！」

パンカ＝スクリンはショックに耐えるため、前かがみになった。サルサパルの目には、極度に興奮しているか、あるいは突然の痛みに襲われているように見えるだろう。この変化をどうとらえたものか、わからないにちがいない。スクリ＝マルトン……からだ上部の、ふつうは頭部にあたるところにある環状のふくらみの裏の青い半球状の瘤《こぶ》が、はげしく脈動している。そのせいで、苦しんでいると思われたかもしれない。

「どうかしたのか？」横目使いが気づかうように声をかけた。

「すこし興奮しすぎたようだ」と、泉のマスターは応じる。「数時間ほど休みたい。じゃまされず瞑想できる部屋を提供してほしいのだが」

「瞑想？　それはなんだ？」

「休息のことだ」と、パンカ＝スクリンは説明。

サルサパルは跳びあがり、

「なにか助けが必要か？」と、驚いたようにたずねた。

「いや。しばらくひとりになりたい。休養すれば回復すると思う」

「望みどおりにしよう！」独立姉妹団のリーダーは約束し、急いで外に出た。

横目使いがなにか命じる声が聞こえる。トランスレーターを切ってあるのだろう、なにをいっているのかは理解できない。まもなく、もどってくると、

「わたしの部屋が気にいってもらえるといいのだが」と、説明。「ここは快適だ。望むだけいてもらってかまわない」

相手がそうすすめるのにはなにか理由があると、パンカ＝スクリンは考えた。もしかしたら、リーダーの部屋はつねに監視されているのかもしれない。だとしたら、逃走は不可能だ。それでもかまわない。とりあえず、逃げるつもりはないから。まずは思考を整理しよう。

感謝の意をしめし、二時間後にようすを見にきてほしいとサルサパルに告げる。扉が閉じられ、泉のマスターはひとりになった。

スクリ＝マルトンがはげしく痛む。ムルコンの名を聞いたとき、通常意識がインパルスを発したため、それに反応したのだろう。痛みを和らげる方法が見つからない。実現態思考の深層を探るが、〝泉の小屋〟の脈動はやまず、痛みもつづいた。

実現態考察をきちんとまとめることもできない。意識が目の前の出来ごとに集中しているせいだ。この大型宿が、かつてムルコンのものだったとは。ムルコンは、物質の泉

の彼岸の勢力が派遣した七強者のひとりである。強者は、全宇宙における重要な使命を帯びていた。

ムルコンは、七つの宇宙の城のひとつに住んでいたはず！

つまり、大型宿は、ほかでもない宇宙の城なのだ！

パンカ＝スクリンは深い感謝の念をいだいた。目標に到達したのだ。ヘルクのニストルから未知の追跡者について報告をうけたさいに思いついた計画が、成功したということ。宇宙の城のひとつを発見したのだから。

ただ、この巨大な建造物を《リーステルバアル》の超高感度計測機器で捕捉できなかったのは、理解できないが。

それも、まもなく解明できるだろう。

エピローグ

《ゴンデルヴォルド》は異銀河に到達した。エンジンは焼きつき、装備も修理が必要だったが。

船が最後の遷移から通常宇宙にもどったとき、バーネット＝クプは、〝目〟を保管する塔守ヘルゴ＝ツォヴランに挨拶のメッセージを送ろうとしたもの。ところが、ハイパー通信機用のエネルギーを蓄積しようとしたとき、トランスミテルム回転子が上位連続体からエネルギーを吸収できないことが判明したのだ。つまり、《ゴンデルヴォルド》は漂流状態にあるということ。ただちに修理にとりかかるよう、指示を出す。

まもなく、ニストルの一エレメントが、バーネット＝クプの自室にあらわれた。ヘルクが使者を送ってきたということは、きわめて重要な案件にちがいない。

「未知の船団が《ゴンデルヴォルド》に接近中です」と、エレメントが報告。「これまでの動きから計算すると、半時間後には到着するでしょう」

「船の数は?」バーネット=クプはたずねる。

「十七隻です」

「逃げきれる可能性はあるか?」

「ありません」と、短い答えがある。

バーネット=クプとエレメントは司令スタンドに向かった。未知船はヘルクの計算よりも高速で近づいてくる。二十分後には《ゴンデルヴォルド》近傍に到達。船はとりかこまれた。

制御ランプがつき、ハイパー通信機にメッセージがとどいたとわかる。とはいえ、送信の場合と同様のエネルギー備蓄が必要なので、受信できない。最終的に、相手からのメッセージは、電磁チャンネルを通じてとどいた。データ・スクリーンにうつる文字を見て、バーネット=クプは驚く。完璧なルーワー語だ。

〝貴船は、この銀河の種族が監視・管理する宙域に進入した。よって、要請にしたがってもらいたい。もっとも、こちらに敵意はない。要請にしたがえば、貴船の安全は保証しよう〟

バーネット=クプは、とほうにくれてニストルを見ると、

「われらの言語に堪能だ!」と、いった。「どういうことだろう?」

「この銀河には、ヘルゴ=ツォヴランがいます」と、エレメント。「塔守から習ったの

かもしれません」

「この要請に対し、どう対処すべきか?」と、たずねる。

「したがうのです!」ニストルがただちに答えた。「ほかに選択の余地はありませせん!」

ムルコンの城

クルト・マール

1

仲間から〝俊足〟と呼ばれるプリットは、最初その音を聞いたとき、サルサパルの望みが実現することはないと察したもの。

俊足は床に横たわっていた。トンネルの低い天井には、パイプの束がはしる。独立姉妹団が本拠地とする塔の換気に利用されているものだ。パイプからは、なかをとおる空気の音がつねに聞こえてくる。

この見張り場所は、プリットがみずから選んだ。ボロンツォトの兵士が攻撃をしかけてくるとしたら、早晩このトンネルをとおることになる。そのさいに生じる音が、パイプにより増幅され、遠方までとどくのだ。

しばらく待つと、ふたたび、その音が聞こえてきた。ますます大きくはげしくなる。空気の流れてくる方向のどこかで、なにかがパイプにあたっているのだろう。王の兵士たちが移動中で、硬いブーツが床を這うパイプにぶつかっているようすが思い浮かんだ。

しばらく、ようすを見ることにする。パイプの音は二十分ほどつづき、ぴたりとやんだ。ボロンツォトの攻撃が間近に迫っている。すくなくとも、兵士八十人……ひょっとすると百人が、女たちの塔に忍びこんだにちがいない。かなりの戦力である。

俊足プリットはトンネルを這って出口まで進んだ。そこからやや上向きにつづく、埃だらけのがらんとした通廊に出る。数分後には、独立姉妹団のリーダー、横目使いのサルサパルの前に立っていた。

サルサパルは〝宿の主人〟を休ませるため自室を譲り、自身は階下のひろい部屋にうつったのだ。横目使いという異名の由来は、その不ぞろいな目にある。目はぜんぶで三つ……鼻のつけ根の左側にふたつ、右側にひとつあった。ツァフールの基準に照らしても、醜い女だ。とはいえ、肉体的にも精神的にも強靭で、女王ガルロッタの信頼もあつい。だれもその年齢を知らないが、この世に生まれて以来、かなりの年月が経過しているだろう。

プリットがあらわれると、リーダーは視線をあげ、

「ボロンツォトがくるのだな！」と、副官の表情を見ながらいった。

「そのとおりです」と、俊足。「敵は八十から百人と思われます」

ひきつづき、詳細を報告する。

「そなたは信頼できる副官だ」サルサパルがほめた。「その推測は正しいにちがいない。ボロンツォトは女王ガルロッタの要請に応じなかったのだな。あるいは、応じるふりをしただけかもしれない。交渉の意志があると見せかけておき、すかさず攻撃をしかけてきたわけか」

「そんなことだろうと思っていました」と、プリット。「男どもは、自分たちをすぐれた存在だとうぬぼれているのです。おのれの領域に侵入され、だいじな捕虜を横どりされて、さぞかしプライドが傷ついたことでしょう。宿の主人を奪ったわれわれに、報復するつもりにちがいありません」

「そのようだな」サルサパルがうなる。「それにしても、あのボロンツォト……太ったドブネズミめ！」

「どう手を打ちましょうか？」プリットは横道にそれそうになった話をもどす。

「ボロンツォト軍の侵入経路は把握している。迎え撃つのだ。サブリーダーたちにこれを伝え、部下を出撃させろ。そのあと、ガルロッタのもとに急ぎ、ボロンツォトの攻撃について報告してもらいたい。女王が援軍を送ってくれるだろう」

俊足は命令を復唱してから、たずねた。

「宿の主人はどうするのです？」

「万一の敗北にそなえ、安全な場所にうつす」と、サルサパル。「ボロンツォトは、われわれが捕虜を塔の上層にかくすと考えるだろう。その裏をかくのだ。最下層にうつすことにする」

「盲者たちに捕まるのでは?」プリットが驚きの声をあげた。

「護衛をつけよう」と、リーダー。「宿の主人には、指一本たりとも触れさせないぞ!」

プリットはただちに立ちあがった。一刻の猶予もなさそうだ。

*

話に出た〝宿の主人〟は、サルサパルの部屋で考えをまとめようとしていた。とはいえ、これは実現態思考に秀でた泉のマスターにとっても、容易なことではない。未知ロボットにより《リーステルバアル》から連れさられて以来の体験は、複雑怪奇きわまるものだったから。

パンカ＝スクリンは、ルーワー種族全員の希望とあこがれを体現する存在である。自分でも思いだせないほどの、はるか昔から、カイラクオラ船団をひきい、物質の泉を探しもとめてきた。その泉の彼岸に、数百万年来ルーワーを駆りたてつづける、未知勢力が存在する。

パンカ＝スクリンのからだには、泉のマスターのあかしである〝スクリ＝マルトン〟

が目だつ。これは〝泉の小屋〟とも呼ばれる半球型の器官で、ルーワーの頭蓋にあたる頸部の組織塊が成長し、五センチメートルほど盛りあがったもの。色は青い蛍光色だ。《リーステルバアル》から拉致《らち》されて以来、スクリ＝マルトンがはげしく脈動して制御不能になり、すさまじい痛みをもたらしている。七つある〝宇宙の城〟のひとつにきたことと、関係があるにちがいない。城からうける、えたいのしれない影響のせいで、興奮状態にあるのだろう。

物質の泉がようやく見つかったのは、いまから二年前のこと。この場所に拉致される前、泉の近くに宇宙の城もあるはずだと信じて、近傍宙域へふたたび向かったのだが、収穫はなかった。そこに存在することはわかっているのに、高性能機器を用いても、シュプールさえ発見できなかったのだ。この〝ムルコンの城〟を見ればわかるように……わかったのは、ここにきてからだが……宇宙の城が巨大な物質の塊りであるにもかかわらず。

こうしてパンカ＝スクリンは、失意のうちにカイラクオラにもどった。だが、船団メンバーに任務の失敗を告げようとした矢先、未知ロボット船団の襲撃をうけたのである。敵は《リーステルバアル》に侵入し、ついに制圧。泉のマスターは拘束され、〝大型宿〟と呼ばれるこの場所に連行された。〝宿の主人〟という奇妙な名称で呼ばれ、まもなく真正ツァフール兄弟団の王、ボロンツォトのもとに連れていかれることになる。ところが、ボロンツォトとの情報交換にいたらないうちに、サルサパルが配下の女たちをひきいて攻撃してきたため、ふたたび連れさられたのだ。

そこで、横目使いからようやく事情を明かされる。大型宿は、強者ムルコンの城であった。ムルコンはかつて、宇宙に生命と知性をひろげるため、物質の泉の彼岸の勢力によって、ほかの六名とともに遣わされたもの。この大型宿こそ、パンカ＝スクリンが《リーステルバアル》で探しもとめていた七つの城のひとつなのだ。スクリ＝マルトンがはげしく脈動するのも当然である。

ここに連れてこられたさい、ロボット船からその外観を観察した。七十五キロメートルほどの大きさの不格好な小惑星のようだったのをおぼえている。表面は建造物におおわれ、ほとんど地表が見えなかった。すでに恒久の時の流れのなかに忘れさられた未知の建築家たちは、高層建築を好んだのだろう。高くそびえたつ細い塔を究極の美とみなしたらしい。遠くから眺めると、針をあらゆる方向に立てて身を守ろうとする、ハリネズミに見えた。

そのとき、無数にそびえる塔のなかで、きわだって高い五本に注意をひかれたもの。その後わかったことだが、この種の高塔はぜんぶで八本あり、例外なく女だけが住んでいるという。男が支配する社会で、独自の組織をつくった女たちである。

この小惑星に住むのは、ツァフールという種族だ。これまで入手した情報によれば、祖先は銀河を放浪する種族の一グループで、当時は友好関係にあった強者ムルコンから、城に招待されたという。よほど居心地がよかったのだろう、グループは城に定住すると決めた。おそらく、ムルコンはこれに反対し、そのせいで排除されたのだ。どのように排除されたかは不明だが、それ以来、シュプールがとだえている。一方、放浪種族のほうは城で快適にすごすうち、どんどん人口が増加。現在では過密状態となり、子孫たちはたがいに反目するようになった。

もっとも、ここからが謎である。かれらはなぜ、この過密状態から脱しようとしないのか？

ツァフールは多くの兄弟団やグループにわかれている。そのひとつが、〝長兄〟と呼ばれる三本腕のヴァジランひきいる、テクノ・ソナー兄弟団だ。テクノ・ソナーたちの任務は、種族の技術遺産や所有する宇宙船を管理すること。これらの宇宙船があれば、過密状態の大型宿をはなれ、近傍宙域の星々に向かうことができるのに、なぜそうしないのか？

この疑問を横目使いのサルサパルにぶつけてみた。女リーダーは、ツァフール語をルーワー語に翻訳する小型装置を通じて答えたもの。

「やってみたとも。だが、成功しなかった！　これまで何度もツァフールは、宇宙船でさまざまな恒星に向かった。だが、全員がなんの成果もなく、もどってきたのだ」

「つまり、どの恒星にも居住可能な惑星がなかったということか？」

「いや、どの恒星にも到達できなかった！　大型宿をはなれた船は、つねに直線コースを維持し、無限の宇宙空間に進む。だが、いくら飛びつづけても、どの恒星にも近づくことはなく、突然、ふたたび大型宿が目の前にあらわれるのだ」

「何回ほど試みたのか？」パンカ＝スクリンは驚いてたずねた。

「数十回、あるいは数百回」と、リーダー。「だが、結果はいつも同じだった！」

サルサパルとこの話をして以来、その問題が頭からずっとはなれなかった。それでも、ツァフールの遠征が失敗した原因は思いあたらない。考えついた説明は、ただひとつだけ。それも、こじつけとしか思えないものだが。

種族のなかで、宇宙船や宙航技術についての知識を持つのは、テクノ・ソナーだけである。ツァフールをムルコンの城にとどめておこうとしているのは、テクノ・ソナーたちかもしれない。もっとも、かれらがそう望む理由は不明だ。

いずれにせよ、おのれの役割ははっきりした。正確にいえば、ツァフールがおのれにもとめる役割だ。宇宙の城の近傍にいた泉のマスターを観察して……近傍にいることは《リーステルバアル》内ではわからなかったのだから、どのような方法で観察していたのか想像もつかないが……ムルコンと同様の存在、つまり〝宿の主人〟にちがいないと思ったのだろう。ムルコンが城を自由に出いりできたのだから、パンカ＝スクリンも同様の能力を持つと考えたはず。つまりツァフールは、過密状態の牢獄から解放されることを期待しているのだ。

パンカ＝スクリンは泉のマスターとして、深い実現態思考にもとづく能力をそなえている。これはけっして些々《ささ》たるものではない。それでも、ツァフールの期待にこたえるすべはなかった。どのようにしてここに連れてこられたかさえ、わからないのだ。まして、ここから自由な世界につづく道など、わかるはずがない。

そこで思考を中断する。サルサパルが部屋にはいってきたのだ。横目使いは首にかけたシリンダー状の小型トランスレーターを通じ、

「場所をうつす。いっしょにきてもらいたい」と、告げた。「すべて、あなたの身の安全と快適さのためだ」

パンカ＝スクリンは立ちあがり、

「身の安全とは？」と、不審に思ってくりかえす。

「ボロンツォトは、あなたがわれわれのもとにいるのが不満らしい」リーダーが無愛想に応じた。「数分後には攻撃をしかけてくるだろう」

＊

ボロンツォト配下の兵士たちは、数時間かけて慎重に女たちの塔に忍びこんだ。気づ

かれずに侵入できたと信じていたため、組織的な徹底抗戦に遭遇したときの驚きは大きく、なりふりかまわず逃げだそうとする。だが、その前にテクノ・ソナー兄弟団の長兄が立ちはだかった。

サルサパルが大胆不敵にもボロンツォトの王宮に侵攻してきて、宿の主人を強奪したさい、ヴァジランは激怒し、みずから王に協力を申しでたもの。女たちの奇襲攻撃をうけて混乱の最中にあったボロンツォトは、ただちに申し出をうけいれた。こうしてヴァジランは王の部隊のリーダーとなり、宿の主人を奪還するため、女たちの塔に侵入したわけだ。

ヴァジランは技術者らしく、細部にいたるまで綿密に計画をたてた。すべてを計算し、横目使いのサルサパルが攻撃を予期してそなえている可能性も、もちろん考慮にいれて。そのあいだに、女王との交渉がはじまっていた。すべての姉妹団をひきいるガルロッタは、ボロンツォトに対し、宿の主人を全ツァフールの所有物だと宣言するよう要請。この提案をうけいれれば、異人をただちに王のもとに返すと約束したのである。だが、ボロンツォトがこの提案を検討するあいだも、ヴァジランのほうは攻撃準備を進めていた。ガルロッタが宿の主人を手ばなすはずはないと、確信していたから。時間稼ぎが目的にちがいない。そのあいだに、異人をだれにも見つからないかくれ場にうつすつもりだろう。

攻撃準備をととのえたヴァジランは、王の許可を得ることなく、独自の判断で進撃した。自分と同様に女たちを信用していない、ボロンツォト配下の将校たちを味方につけて。

ところが、独立姉妹団の予期せぬ抵抗をうけ、部隊は撤退しそうになる。ヴァジランは部隊のなかに跳びこむと、三つのこぶしで兵士たちの頭を殴りつけ、踏みとどまるよう命令。真正ツァフール兄弟団の愚直な兵士たちは、女たちと戦うか、長兄に殴られるかの二者択一を迫られた結果、踵《きびす》を返して敵に立ち向かった。

ヴァジランは本部に使者を送り、増援を要請する。部隊はしばらくのあいだ、女たちの反撃に耐え、現ポジションを死守した。もっとも、長兄に殴られるのを恐れただけなのだが。一時間ほど膠着状態がつづき、ヴァジランが要請した増援部隊がついに到着する。

これが決定打となり、女たちの徹底抗戦は崩れた。迫りくる真正ツァフール兄弟団の兵に恐れをなし、ちりぢりに逃げだしたのだ。ヴァジランはまもなく、横目使いのサルサパルの司令室に到達。

だが、そこにはだれもいなかった。通常なら、リーダーの身の安全を守るために配置される護衛すら、見あたらない。状況を確認するため、塔の住人を連れてくるよう、部下数名に命じる。ところが、侵入者勝利の知らせがすでにひろまっていたようで、独立姉妹団のメンバーは全員、撤退したあとだった。

数時間の捜索のすえ、ようやく老女ひとりを拘束して、情報を聞きだす。もっともその内容は、サルサパルの司令室がもぬけの殻だとわかったさい、とうに予想がついていたことだったが。

横目使いは、宿の主人を連れて逃走したのだ。部下に対しては、塔内の防衛に適した場所にただちに退避するよう、命じたらしい。

ヴァジランは勝つには勝った。だが、宿の主人はこれまで以上に、手のとどかないところに消えてしまったのである。

2

サルサパルみずから部下十二名をひきい、泉のマスターの護衛をつとめた。パンカ＝スクリンは、女たちの速度に遅れずについていこうとするものの、容易ではない。途中、遠くから戦いの音が聞こえてくる。つまり、横目使いの話は本当だったのだ。ボロンツォトの兵士が、女たちの塔を攻撃しているのだろう。

道は下方につづいている。女たちの話の内容はわからない。トランスレーターを持っているのはサルサパルだけで、そのスイッチは切られていたから。泉のマスターは、生来の短く不格好な足を使って、どうにか女たちに遅れをとらないようについていった。そのあいだも、おのれの問題について懸命に考えをめぐらせる。

ムルコンの城に住む対立グループのあいだで翻弄されるのはごめんだ。この城は、ルーワー種族の存亡に関わる重大な鍵を握っている。広大な建物、通廊、天井のどこかに、秘密の技術装置がかくされているにちがいない。それを〝目〟に組みこめば、物質の泉を通過できるだろう。遠い異銀河に保管されて泉のマスターを待つ〝目〟は、きわめて高性能な探知機である。とはいえ、それだけでは、物質の泉の捜索にほとんど役だたない。宇宙の城にかくされた補完部品が必要なのだ。

ムルコンの城のどこかにあるはず。その補完部品を見つけだすと、パンカ＝スクリンは決心していた。ツァフールの対立グループの争いに巻きこまれては、発見のチャンスがない。

かれらから逃れ、自力で強者の城を捜索する必要がある。サルサパルと配下の女たち、ボロンツォトと真正ツァフール兄弟団、それらすべてと決別しなければ。そのさい、忘れてならないことがあった。かくされた補完部品を探す途中でだれかと遭遇した場合、意思疎通をはかるには、トランスレーターが不可欠だ。サルサパルが首からかけている、ちいさなシリンダーである。

パンカ＝スクリンは計画を練った。一行は周囲の壁、床、天井すべてが自然の岩でできたトンネル内を移動している。つまり、小惑星の表面から空に向かって構築された建物の基礎部よりも、下にいるわけだ。

そのときふと、女たちのおちつかないようすに気づいた。地下のなにかを恐れているようだ。不安におびえている。

これを計画に利用しない手はない。

*

計画を実行にうつす機会は、思いのほか早く訪れた。ひろく、がらんとした薄暗いホールに出たときのことだ。岩にかこまれ、壁はざらざら、床もでこぼこである。まるで、建設途中で作業が突然に中止されたかのようだ。

ホール中央、地面が黒ずんで見える場所があることに、パンカ＝スクリンは気づいた。女のひとりの制止を振りきって近づくと、ほぼ円形の穴がある。直径五メートル強。近くにあった石を足で穴に落とそうとすると、空中に浮いた。すこし横にずらしてみると、ようやくゆっくりと沈んでいく。これで穴の正体がわかった。ここで計画を実行にうつそう。

サルサパルが急いでこちらに近づき、

「もどるのだ！」と、命じた。「そのシャフトは危険だから！」

「なぜだ？」泉のマスターはたずねる。

「その底に住むのは……」

横目使いは途中で言葉をのみこんだ。宿の主人に知らせるにはおよばないと、考えたらしい。

「だれがこの底に住んでいるのだ？」と、パンカ＝スクリンはうながす。

「あなたがこちらにもどったら、説明する」サルサパルが約束した。

泉のマスターは、したがうふりをし、穴の縁からはなれようとした。そこでわざとバランスを崩す。不安の声を発し、倒れそうになると、横目使いに向かって翼膜を伸ばした。サルサパルが助けに駆けつける。これこそ、パンカ＝スクリンが待っていた瞬間だ。

女をつかむと、そのまいっしょに落ちる。下向きに作用する重力フィールドだ。横目使いは甲高《かんだか》い叫び声をあげた。背後で待機していた女たちが大急ぎでやってくる。

サルサパルは驚きのあまり、数秒ほど硬直したままだったが、やがて、手足をばたつかせながら叫んだ。その感情までトランスレーターは伝えきれず、いらだたしいほどの単調さでくりかえす。

「下じゃない！　上だ！　ツルマウストに殺される！」

パンカ＝スクリンも恐怖にかられたふりをして、上半身をおおう翼膜を動かした。一見、無意味な動作に見えるが、実際は、じたばたする横目使いをおさえつけるための、計算された動きだ。サルサパルが上向きに作用する重力フィールドに移動しそうになるたび、そうならないよう、自分のほうにひきよせる。

サルサパルも、動けないのはパンカ＝スクリンのせいだと、ようやく気づいたらしい。

「そんなにしがみつかないでくれ！　すこし力をゆるめれば、すぐにまた上にもどれるから！」

パンカ＝スクリンは低い泣き声のような音をたて、翼膜をわずかに動かした。だが、力をゆるめるのでなく、よりきつく締めつける。

「そうじゃない！」横目使いが叫んだ。「わたしをはなすのだ！　その翼をひっこめてくれ！」

泉のマスターは泣き声をあげつづける。サルサパルは自由になろうともがいた。

「これほど真っ暗でなければ！」横目使いがそうつぶやくのが聞こえる。

それでわかった。ツァフールの視力は、おのれよりも弱いのだ。シャフト内は単調で無色だが、暗闇ではない。長波長の光で満たされているのだろう。サルサパルの目はこの手の光を知覚できないため、暗闇と感じるわけだ。

下方をうかがうと、シャフトの底が近づいてきた。サルサパルはルーワーをふりほどくことをあきらめたらしく、おとなしくなった。恐怖心のせいにちがいない。

「ツルマウストとは何者だ？」泉のマスターはたずねた。

「地下にすむ盲者の支配者だ」横目使いが応じる。「盲者は視覚を持つ者すべてを憎み、おのれの領域に他者が侵入するのを許さない」

「わたしについては、許すだろう」パンカ＝スクリンはおちついていった。

「やつらは蛮人だ」サルサパルがつづける。「他者の命など、なんとも思っていない。殺すことに……いま、なんといった？」

「わたしについては、許すだろう。そういったのだ」泉のマスターはくりかえした。

「底まで行くつもりか？　つまり……意図的に、このシャフトに落ちたのか？」

「そのとおり。わたしは名をパンカ＝スクリンという。きみたちが考えているような宿の主人ではない。それでも、わたしにとり、この城は非常に重要な意味を持つのだ」

「城……？」サルサパルが、理解できないというようにくりかえす。

「ムルコンの城のことだ」ルーワーは説明した。「きみたちは大型宿と呼ぶようだが。われわれが長いあいだ探しもとめてきたものを、ここで発見できるかどうか……それに、わが種族の運命がかかっている。そのため、わたしには時間と自由が必要だ。きみとボロンツォトの奪いあいの対象となるわけにはいかない。わが種族の存亡がかかっているのだ。理解してもらいたい」

軽い衝撃とともに、ふたりはシャフトの底に到達。目の前にはひろく高いアーチ型の開口部があり、左右にのびるひろい通廊につづいている。パンカ＝スクリンは開口部に進んだ。それに気づいたサルサパルが、たちまち叫ぶ。

「行くな！　わたしをひとりにしないでくれ！　盲者に捕まってしまう！」

ルーワーはひきかえし、

「わたしがいったことがわかったか？」と、たずねた。

「わかった」

「ツァフールをこの牢獄から解放することは可能だ」泉のマスターは説明する。「もっとも、宿の主人とやらが持つ魔力によってではなく、この城のどこかにかくされているはずの道具を使ってだが。わたしはそれを見つけるつもりだ。成功すれば、ツァフールだけでなく、わが種族に対しても大きな貢献をはたすことになる」

サルサパルはなにもいわない。

「いつの日かふたたび地上にもどり、きみに成果を報告しよう」パンカ＝スクリンはつづけた。「そのあいだ、きみが首にかけている小型装置を貸してほしい！」

横目使いは思わずトランスレーターをつかみ、一歩さがった。

「それは……できない！」と、声を絞りだす。「これは貴重なものだ！」

「きみには当面のあいだ、不要なものだろう」と、ルーワー。「わたしも永久に必要なわけではない。盲者の領域からもどったら、すぐに返すから」

横目使いはトランスレーターを固定したバンドをためらいがちに首からはずした。パンカ＝スクリンは装置をうけとり、翼膜でおおうと、

「きみは部下のもとにもどるがいい」と、告げた。トランスレーターから響くおのれの言葉がツァフール語であることに満足しながら。

「わかった」サルサパルがとほうにくれたようすで応じる。「だが、この暗闇でどうやって……」

「知っていると思うが、シャフトには、たがいに反対に向かう重力フィールドがふたつある。わたしが指示するところに立つのだ」

そういうと、横目使いをシャフトの右側半分に案内した。サルサパルが上向きの重力フィールドにつつまれて、ゆっくりと浮きあがり、安堵の息をつくのが聞こえる。

「忘れるな。いつの日か、わたしはもどるから！」パンカ＝スクリンは、上に向かって声をかけた。

＊

ひろい通廊には目印となるようなものはなく、どちらに向かうべきか見当もつかない。とりあえず、右に向かうことにする。サルサパルはとうにシャフトの上端に達し、視界から消えていた。

シャフトを降下したとたん、スクリ＝マルトンのはげしい痛みがおさまる。ここがムルコンの城だと判明して以来、ずっとつづいていたというのに。地下世界にきたことと、なにか関係があるのかどうかはわからないものの、ほっとした。これでふたたび、おのれの使命に集中できる。

がらんとしたひろい通廊が、はてしなくつづいていた。途中に分岐点はなく、壁はむきだしの岩である。パンカ＝スクリンは、ずんぐりした短足を使ってこれほどの長距離を歩いたことがなく、すでにくたくただった。サルサパルは、すぐにでも盲者があらわれて殺されると恐れていたが、三時間以上歩いても、地下世界の未知住人には、ひとりも出くわさない。

それでも、とうとう周囲に変化があらわれた。はてしなくひろく、天井の高い空間に出たのだ。床はわずかに傾斜している。奥のほうは薄暗く、ところどころ真っ暗だ。気温はいまいる場所よりも大幅に低いにちがいない。パンカ＝スクリンの視覚器官は現在、長波長スペクトル領域でのみ作用しており、熱を感知できるので。

ホールの薄暗い奥に興味をひかれる。この空間はどこにつづくのか、闇にまぎれた秘密がここに存在するのか……それを知ることが重要に思えた。

ゆるやかに下方につづくひろい斜路を進む。近づいてみれば、闇は当初考えたほど深くない。薄闇のなかに、奇妙なかたちをした大型装置のシルエットがぼんやりと見えた気がした。

近づこうとすると、突然、横目使いから借りた小型トランスレーターが鳴りだす。驚いて立ちどまった。自分の聴覚器官はなんの音もとらえていないが、トランスレーターは音を発している。弱いが、よくとおる、笛のような音だ。機械が、パンカ＝スクリンには聞こえない音を、ルーワー語に対応する音に変換しているのだろう。

音の正体をつきとめようと決心し、足が動くかぎりの速さで、暗闇のなかのシルエットに向かって進む。距離は二、三百メートルといったところか。

そのとき突然、地面が揺れ、震えだした。岩に亀裂がはしり、不気味な轟音《ごうおん》が小惑星内部から響く。巨大な岩塊が、ホールの壁や天井から床にふりそそいだ。

パンカ＝スクリンは床に伏せ、繊細な器官の集まった上半身を、大きく頑丈な翼膜でおおう。危険を過小評価することはない。ムルコンが城を築いた小惑星を大地震が襲い、その内部深くまで揺り動かしているのだ。生きのびられるかどうかは、ホールの壁と天井の頑丈さにかかっている。

どうすることもできない。実現態思考者はそう認識し、腹をすえて運命に身をまかせようと決心。ところが、死を冷静に待つことさえ許されなかった。

崩れおちる岩塊の轟音にまじって、耳をつんざく鋭い叫び声が聞こえてくるではないか。

危険にさらされているのは、おのれひとりではないようだ。

＊

轟音は数分つづき、その後、徐々にしずまった。ちいさな岩が一ダースほど、からだにあたったが、さいわい重傷にはいたらない。

崩れおちる岩が床を打つ音がやむと、パンカ＝スクリンは慎重に立ちあがった。巨大ホールに厚い埃が立ちこめ、ルーワーのすぐれた視覚器官も役にたたない。先ほど叫び声が聞こえてきた、ホール奥の闇に近づく。歩行は格段に困難になっていた。岩や石が床をおおい、埃で息苦しい。

突然、翼膜の下にかかえていた小型トランスレーターがふたたび息を吹きかえした。こんどは意味のある内容が聞こえてくる。近くの音をひろっているにちがいない。パンカ＝スクリンの聴覚器官では直接とらえることができないが。

「あなたの呼び声には、したがいました！」と、ちいさな装置から聞こえてくる。「支配者の意志に背いて、そうしたのです。どうか、もう苦しめないでください」

不思議に思いながら音の出どころを探すと、べつの声がした。こんどは、言葉がそのまま聞こえてくる！　轟《とどろ》くような大きな声だ。トランスレーターがこれを訳した。

「苦しめているわけではない！　わたしはおのれの孤独を癒しているのだ！　それが同時に、空腹を満たすことにもなる。わが栄養になるのは、ただひとつ……ほかの生物の感情だけ」

ふたたび、パンカ＝スクリンには直接に聞こえなかった、先ほどの声がトランスレーターから響く。

「なぜ、ほかの獲物を探さないのですか？　わたしはすでに何度も、ここにきました！もう、燃えかすのようなもの。これ以上、苦しめられたら、死んでしまいます！」

泉のマスターは、ここでなにが起きているかを察し、先を急いだ。自身の聴覚では聞きとれなかった声の主が、危険にさらされているにちがいない。トランスレーターを翼膜の下からとりだし、音声がホールの奥までとどくようにかざす。

「聞け！」ルーワー語でそう叫ぶと、トランスレーターがただちにツァフール語に訳した。「わたしは、あなたの孤独を癒すためにきた！　さ、わたしから栄養をとるがいい！　わが感情は、ほとんど無限に長い人生の結果といえる。このわたしを提供しよう。その不幸な生物を自由にし、こちらにくるのだ！」

「だれだ？」と、第二の声が問う。「だれかにあとをつけられたのか？」

「そんなはずはありません」トランスレーターから声が聞こえてきた。「あなたの呼び声は、わたしにしか聞こえないはず！」

「声の主を見てやろう！」と、第二の声。

パンカ＝スクリンはふたたび立ちどまった。何者かが意識に侵入しようとしている。通常意識を閉じ、実現態意識の奥にひっこむと、緊張しながら相手を待った。これまでの長い人生で、ほかの生物の魂をエネルギー源とする生命体に、数多く遭遇したもの。そのうちのいくつかは襲ってきたが、魂を奪われたことは一度もない。

「おかしい！」第二の声が聞こえる。「おまえは機械か？　あるいはゾンビか……？」

意識の表層で、異質な動きがますます活発になった。触手のようなものが、通常意識の薄い層を破り、実現態意識の深みに向かってくる。すると……突然、叫び声があがった。耳を聾するほどの大音量だ。突風が吹いて岩粉が巻きあがり、青白い稲妻が薄暗がりをはしる。ほのかに光るなにかが、埃のなかを高速で移動し、叫び声はたちまち遠のいていった。

「裏切り者！　二度とこんなことはさせないぞ！」

怒りにまかせた声が岩壁に何度も反射したあと、ようやくしずかになる。ときおり岩が、ホールの壁や天井から転がりおちるだけだ。

パンカ＝スクリンはたずねた。

「まだそこにいるのか？」

「ええ。おかげで助かりました」トランスレーターが応じる。

「なぜ、きみの声は直接、聞こえないのだ？　言葉を翻訳する機械は反応しているのに」

数秒が経過したあと、こんどは驚くほど高音のツァフール語が直接聞こえてきた。

「高音すぎて、そちらの聴覚には、とらえられないのかもしれません。あなたは地上の住人ですか？」と、トランスレーターが訳す。

「いや、わたしはよそ者だ」と、パンカ＝スクリンは応じ、「おのれの意志に反して、この大型宿に連れてこられた。わたしを見ても驚かないでほしい。きみたちとはちがうは！」


濃い霧のような埃の壁の向こうから、甲高い笑い声が聞こえた。

「でも、まるで地上の住人のように話すのですね！　われわれの世界を大型宿と呼ぶとは！」

「きみはなんと呼んでいる？」

姿をしているから」

「支配者があたえた名前で。つまり、ムルコンの城と」

この答えに、泉のマスターは考えこんだ。やがて、

「わたしの姿が見えるか？」と、口を開く。

「見える？　いいえ。でも、あなたがどこにいるかは、わかります」

「こちらにきてくれ！　埃のせいで、わたしにはなにも見えない」

石がいくつか転がり、軽い足どりの音が近づいてきた。やがて、埃のなかから、細いシルエットがあらわれる。ツァフールの祖先と同様、左右対称の体型で、手足は二本ずつだ。華奢なからだつきからすると、女だろう。身につけている簡素な服は、床までとどく長さで、おだやかな色が目に心地よい。ヴァジランやボロンツォトの衣服の、刺すような色彩とは対照的だ。

だが、女の大きな目には、なにもうつっていない。眼球はターコイズ色一色である。何世代にもわたり暗闇で生きてきたツァフールが、たびかさなる突然変異に見舞われた

結果、虹彩《こうさい》と瞳孔《どうこう》が消失したのだろう。

「これでおわかりでしょう。あなたの姿を見て、わたしが驚くことはありません」と、女がほほえむ。

「申しわけない！」と、泉のマスター。「地下世界のきみたちが、目ではものを見ないということを、忘れていた」

若い女は考えるような顔つきで、

「あなたは、思いやりのある話し方をする」と、いった。「地上の住人なら、〝きみたちが盲人だったのを忘れていた〟と、いうはず」

「そんなことをいえるはずがない」と、パンカ＝スクリン。「こちらにきてほしいとたのんだのは、わたしのほうなのだ。この埃のなかでは、きみを見つけることができなかった」

「あなたの言葉は賢くて、気にいったわ」と、ツァフール。「あなたはだれ？」

「わが名はパンカ＝スクリン。はるか昔から宇宙をさまよってきた、ルーワー種族の一員だ。テクノ・ソナー兄弟団のロボット船に、ここまで連れてこられた。ところで、きみは？」

「わたしはセレナ」と、若い女が明るく響く声で応じる。「支配者のお気にいりよ」

3

支配者ツルマウストは機嫌が悪かった。セレナがいないせいである。毎日、涼しさが暖かさに変わりはじめる時間には、ともにすごすことになっているのだが。地下世界には、温度変化にもとづく独自の一日がある。小惑星の地底にあるホールや通廊では、規則的に温度が変化するため、それにしたがって時計をあわせることも可能なほどだ。

セレナの身になにが起きたのか、ツルマウストにはわかっていた。

「ムルコンの怨霊《おんりょう》が、セレナを呼んだのだな!」と、どなる。「何度も警告したにもかかわらず、呼びかけに応じたわけか。これ以上、わが言葉にしたがわなければ、早晩、仲間のもとにはもどれなくなるだろう」

だれも異議を唱えようとはしないが、ツルマウストの部下の多くが、あれはムルコンの怨霊などではないと考えていた。祖先アークアロヴとイリットの亡霊が、禁じられた領域で人々を騒がせているのだろう。それでも、地下帝国の支配者に向かってそう主張するわけにはいかない。ツルマウストはみずからを、アークアロヴ伝説の番人かつイリット物語の守護者と呼んでいるのだから。

「対策を練らなければ」支配者が憤慨をあらわにいう。「通廊を閉鎖せよ。ムルコンの怨霊に、二度とわが側女《そばめ》を盗ませるものか！」

ツルマウストは身長が低い。脚を持たないのだ。脚のかわりとなる筋肉で地面をつくことで、高く大きく跳躍できるが、公けの場では、ほとんど輿《こし》に乗って移動することにしている。

小柄な体格を補完するため、鎧を身にまとっていた。光沢のある金属製で、部下が〝視声〟を発すると、ぴんという音が反響する。さらに、公務におもむくさいはヘルメットをかぶるのだ。

ツルマウストは、丸天井の大広間に執務室をかまえている。楕円形の大広間では、支配者の周辺を一定の温度にたもつべく、壁ぎわの四カ所でつねに炎がともされた。これは快適さのためではない……ときおり暑すぎると感じるほどだから。支配者が自然の温度変化の周期にもとづく通常の時間配分に縛られず、つねに職務についていることをしめすためだ。

ホールの調度は荒削りなものばかりで、人間の目には不格好にうつるかもしれない。ツルマウストが腰をおろしている玉座も、石づくりである。階段状の台座の上にある玉座は巨大なもので、その上で横になり、手足を伸ばすことができるほど。支配者がこの頑強な石づくりの玉座につくときは、座部の前部分のみを使い、両手を肘かけに伸ばしてからだを支える。いまもそうだ。

玉座の周囲には、ベンチがならんでいる。地下帝国の貴族たちが集まって支配者の話を拝聴するさい、用いるものだ。このベンチも大きく不格好で、聴衆が必要とする大きさの二倍はあった。

その理由は、ツルマウストの廷臣たちの特異性を知ったなら、容易にわかる。調度が大きく不格好なのは、趣味が悪いからではない。地下で暮らすツァフールが視覚を持たないせいである。つまり、盲目ということ。かれらは短い小声を発し、そのエコーから周囲の状況を探る。これが〝視声〟と呼ばれる超音波だ。こうした〝音響による視覚〟では、大型の、認識されやすい物体が優先されるのは当然である。したがって、このような方法で周囲を認識する生物に、大型の物体を美しく、小型のものを醜いと感じる傾向があるのも理解できよう。

執務室では、廷臣が三十人ほど支配者のそばに仕えて、命令をうけ、実行する役目を負っていた。そのうち十人は女だ。廷臣の大部分は使者である。ツルマウストの言葉を特定の相手に伝え、一定の情報源から情報を収集する役割を担っていた。ほかの者は、支配者の身のまわりの世話をする。飲料や食事を用意したり、暑いときは顔をふいたりするのだ。

四人は炎の番人で、ホールの壁ぎわにともされた火が消えることのないよう、管理する。これは名誉ある職務だが、つねに高温にさらされ、楽ではない。しかも、丸天井にはわずかな隙間しかなく、排気が不充分なため、煙にも苦しめられる。それでも、体面を重んじる者はだれでも、この職につきたがった。

ツァフールとしてはあたりまえのことだが、廷臣の外見はそれぞれ大きく異なる。巨人や小人もいるし、手足がたくさんある者や、腕あるいは脚が一本だけの者もいた。何度も突然変異をくりかえした結果とはいえ、ヒューマノイドを祖先に持つとは、にわかには信じがたい。

地下世界の盲人の目は、突然変異のさまざまな段階にあった。ツルマウストと廷臣数名は眼球を持つが、虹彩と瞳孔はない。一方、顔の皮膚におおわれた眼窩《がんか》のみを持つ者もいた。突然変異がもっとも進んだ男女では、眼窩さえ消失している。テラナーが見たなら、恐ろしさと嫌悪を感じるだろう。顔の上半分に鼻しかない〝のっぺらぼう〟に、まず慣れる必要がある。

いまこの瞬間、廷臣のだれもが沈黙を守り、ツルマウストの決断を待っていた。支配者がセレナを寵愛《ちょうあい》しているのは周知の事実である。相手がだれの亡霊であろうと、その悪行をやめさせるため、決定的手段に出るにちがいない。

ところが、ツルマウストが賢明なる決定をくだす前に、玉座の間に通じる門のひとつが開き、四脚の使者が跳びこんできた。玉座のある台座の最下段まですばやく近づくと、敬礼し、堰を切ったように話しだす。

「朗報です、閣下！　セレナはぶじです！　異人が怨霊を追いはらいました。セレナはその者とともに、こちらに向かっています」

それを聞いた支配者は、居心地悪そうなシートのなかで姿勢を正し、甲高いよくとおる声で宣言した。

「宴《うたげ》の準備を！　怨霊を追いはらい、セレナを救った異人に、感謝の意を表するのだ！」

＊

パンカ＝スクリンは知性体の心理状態に精通していた。セレナは謎の亡霊と遭遇し、大きな精神的ショックをうけたにちがいない。まず、その体験を消化する必要がある。それについて質問するのは、あとまわしにしよう。

ほかの点においては、遠慮なく好奇心を満たすことができたもの。セレナは地下世界について進んで語り、すべての質問にこころよく答えた……すくなくとも、答えようとしてくれた。

「ホールを襲った先ほどの地震は、なんだ？　われわれ、生き埋めになるところだった」と、たずねる。

「轟音マスターの怒りよ」と、セレナが答えた。「なにかに腹をたてたにちがいないわ」

「轟音マスターとは？」と、パンカ＝スクリン。

「過去の怨霊のこと。地下深くに住んでいるの」

「怨霊は、よく腹をたてるのか？　つまり、先ほどのような地震は頻繁に起きるのか？」

「考えたこともなかったわ」セレナは無邪気に応じた。「おそらく、百日に一度くらいかしら」

あまりに異質なふたりが、会話をかわしながら通廊を進む。通廊はパンカ＝スクリンがたどってきたトンネルの延長上にあり、ホールの反対側からつづいていた。女によれば、一時間ほどで居住区に到達するらしい。泉のマスターはこの時間を利用して、セレナに質問する。もっとも、轟音マスターの話でわかるように、科学面での収穫はなかったが。

とはいえ、ほかの点では手ごたえがあった。突然、トランスレーターから特徴ある笛のような音が聞こえてくる。先ほど聞いたのと同じ、正体不明の音だ。いま見ると、女が規則的な動きで口を尖らせている。セレナは、ルーワーが知覚できない周波帯にある音を発していた。

「なぜ、そのようなことをする?」と、たずねてみる。

「このあたりをよく知らないからよ」と、セレナ。「この道は歩いたことがないの」

これで理解の糸口がつかめた。地下世界の住民は、声によってエコーを発生させ、周囲を認識しているのだ。さらにたずねてみると、これが〝視声〟と呼ばれていることがわかる。盲者たちは、通常の会話でも超音波域を用いるらしい。だから、ホールの暗闇でセレナが未知の亡霊と対話していたとき、トランスレーターは反応したが、パンカ＝スクリンの耳には聞こえなかったのである。

さして重要ではない質問をいくつかしたあと、とうとう、この亡霊についてたずねてみた。

「きみを苦しめていたのは、だれだ?」

女は答えるのをためらうように、ほっそりした顔をゆがめる。精神的苦痛を感じているのだろう。やがて、泉のマスターが質問を後悔しはじめたとき、ようやく口を開いて声を絞りだした。

「アークアロヴの亡霊にちがいないわ! でも、ツルマウストにそういうわけにはいかないの。支配者はアークアロヴ伝説の番人だから、その話をすることは、けっして許されない」

「アークアロヴとは何者だ？　なぜ、そんなことをする？」

「アークアロヴは種族の最初の父で、その妻イリットは最初の母よ。伝説によれば、ふたりは放浪の民で、宇宙をさまよっている途中、ムルコンに出会ったの。ムルコンに気にいられ、城に招待されたのだけど、ふたりは性質《たち》が悪かった。城の居心地がよくて、腰をおちつけたくなったので、じゃまなムルコンを殺し、城を奪ったのね。現在、城に居住するツァフールは、すべてアークアロヴとイリットの子孫よ」

「アークアロヴは、轟音マスターと親族関係にあるのか？　同じく過去の亡霊なのか？」

「そのとおり。連中は全員、親類なの」セレナが熱心に応じる。「轟音マスターはアークアロヴの従者のひとりよ。従者には、ほかにも〝岩石食らい〟や〝シュプール探し〟などがいるわ」

ルーワーの心象風景に奇妙な世界がひろがった。地下世界のツァフールは、地上の住人にくらべ、過去の記憶を鮮明に持っているらしい。もっとも、そのまま伝えられたわけではなく、伝説と迷信で脚色されている。亡霊や怨霊が頻繁に登場するため、科学的に検証可能な事実を見きわめるのは困難だ。

それでも、盲者の伝承をもうすこし調べてみよう。パンカ＝スクリンはそう決心した。

伝説と迷信が錯綜するなかで、真実を見つけることができるかもしれない。いずれ、先ほどアークアロヴの亡霊を追いはらったホールにもどることにしよう。亡霊のあつかいかたは心得ている。ホールには、ほかにもたくさんの秘密がかくされているだろう。それを解明するのだ。

四十分ほど歩くと、複数の通廊が交差する広場のような場所に出た。そこでツルマウストの臣下のひとりと鉢あわせする。この結果どうなるかと、最初はいささか不安に思ったが、トランスレーターから流れてくる言葉を聞き、無用な懸念だとわかった。臣下はセレナを見つけて、このうえなくよろこび、たちまち横道に消えたのである。女はルーワーに向きなおると、説明した。

「ツルマウストの使者のひとりよ。支配者に、わたしのぶじを報告するでしょう。あなたが救ってくれたことも。盛大な祝宴が待っているわ。感謝こそ最大の徳のひとつだと、ツルマウストは知っているから」

＊

こうして、地下帝国での歓迎がはじまった。盲人の支配者ツルマウストは、泉のマスターを派手に迎えいれると、その栄誉をたたえ、豪華な祝宴を用意する。

歓迎の儀式は、玉座の間で開かれた。名だたる名士がすべて集まり、石づくりの大型ベンチはほとんど埋まっている。挨拶に立った支配者は、側女セレナを救った異人の勇気をたたえ、永遠の友情を約束した。

つづいて、パンカ＝スクリンが話す番だ。小型トランスレーターが、大ホールの奥まで声を響かせる。

まず、みずから進んでムルコンの城を訪れたわけではなく、ここまで連行されたいきさつを説明。つづいて、地上では宿の主人とみなされたことを話し、こう伝えた……ツァフールを過密状態の大型宿から解放する力があると思われているようだが、自分は宿の主人ではなく、特別な力も持たない。それでも、ムルコンの城、とりわけ盲者の住む領域に興味があり、ここにいるあいだに周囲を見てまわるつもりだと。

さらに、ツルマウストの友好的な言葉に感謝の意をしめし、おのれの行動は当然のものだったと告げた。最後に、これまで何度も亡霊と対峙して、一度も手だしされなかったことも、つけくわえる。

この答辞は大きな拍手で迎えられた。まもなくツルマウストが、祝宴会場にうつるよう、うながす。祝宴はツァジワードで開催されるそうだ。支配者の説明によれば、地下帝国の首都らしい。ツルマウストの宮殿もあり、ここ玉座の間で戦略的統治にあたるとき以外は、そこにいるそうだ。

盲者たちは、パンカ＝スクリンに大きな敬意を表した。ツルマウストにいたっては、輿と六人のかつぎ手を提供したほど。輿は支配者自身が使用するものと同等で、ちがいといえば、ツルマウストのかつぎ手が八人ということだけだ。泉のマスターは、このたいそうな申し出をありがたくうけいれた。この十時間に歩いた時間と距離は、通常の一年ぶん以上に相当する。輿が提供されなければ、支配者に休息を願いでて、足を休ませるところだった。

玉座の間からツァジワードに移動するさい、ふたつの輿はならんで進んだ。泉のマスターに対する格別な敬意のあらわれである。帝国の名士たちが、歩いてそれにつづく。そこへの道のりは一キロメートルに満たない。通廊は幅三十メートル以上、高さ十メートル。そこを進み、長く伸びる大きな洞窟に到着した。この洞窟こそ、ツァジワード……盲者の帝国の首都である。

洞窟内部の環境はパンカ＝スクリンの視覚が反応するには充分で、細部にいたるまで認識できた。周囲を見まわす。これまでの長い人生で、これほど独創的な居住施設は見たことがないと、認めざるをえなかった。洞窟の長さは八キロメートルほどだが、幅はもっともひろいところでも、一・五キロメートルに満たない。床面からでこぼこの岩天井までの高さは一定ではなく、洞窟中央では四百メートルほどになる。

ツァジワードには建物らしきものが見あたらない。盲目のツァフールの住居は、洞窟の壁にある無数の岩棚のなかだ。岩棚は、細いもの、ひろいもの、傾斜のゆるやかなもの、急なものなど、さまざま。ツァフールはこれらの岩棚をつたい、それぞれの住居に移動する。居住用洞窟が、岩棚にそって真珠の首飾りのように連なっていた。これにも相違が見られる。出入口の多くは岩に穴をあけただけだが、そのすぐわきにはアーチに飾られたものもあった。

ツルマウストの宮殿は洞窟の奥にあるらしい。そこには幅百メートル以上のゆるく傾斜した斜路があり、表玄関につづいている。古代に生きた誇大妄想の独裁者でも想像できないほど、荘厳な玄関だ。半楕円形で、高さ十メートル以上、基礎部の幅はゆうに三十メートルをこえるだろう。慎重に切りだされた、百トンはあろうかという岩で、全体がおおわれている。支配者の宮殿付近に、ひどく見劣りする小型の居住用洞窟がいくつか見られた。ツァジワードのほかの住居と同様、多様な岩棚で洞窟につながっている。これらの住居のうち、上等なものは客用で、そのほかは支配者の身のまわりの世話をする奉公人が住むそうだ。

周辺の居住用洞窟では、支配者一行がやってきたことに気づき、出入口にひとり、あるいは複数のツァフールが出てきた。それぞれ、燃える松明《たいまつ》を手にしている。パンカ＝スクリンはこの出迎えに驚いた。地下世界の盲目の住人にとり、炎はなんの意味があるのか？　ツルマウストの玉座の間でも、四カ所で炎が燃えているのに気づき、不思議に思ったもの。盲目のツァフールにとり、炎は見えなくとも特別な意味を持つのかもしれない。

やがて、人々が歌を口ずさみはじめた。洞窟の奥でとまどうようにはじまった歌は、たちまち大合唱となる。パンカ＝スクリンは輿が揺れるのを感じたほど。ツァジワードの住民が動きだした。岩の小道をくだり、洞窟の底部に集まりだす。幻想的な光景だ。ルーワーの視覚器官がとらえたグレイの赤外線映像を背景に、炎のまばゆい光点が動きつづける。

首都の全住民が洞窟の底におりたったとたん、歌声はやんだ。こんどは歓声がこだまする。小型トランスレーターは混乱し、意味のない騒音を発した。泉のマスターは故障を未然に防ぐため、スイッチを切る。どのみちこの状況では、話しかけてくる者もない。おのれにとっても、祝宴を観察するほうが、住民との対話より重要だ。

宮殿から、籠と樽の無限にも思える長い列が出てきた。すぐに飲食物だとわかる。ベンチのようなかたちの細長いテーブルが洞窟の中央に用意され、支配者からの賜物《たまもの》がその上にひろげられた。たちまち、盲者たちが群がる。だが、驚くほど整然としていて、混乱も起きない。

そのあいだも、支配者とその賓客を乗せたふたつの輿のかつぎ手は、節度ある足どりで群衆のなかを進んだ。一行があらわれると、人々はうやうやしく道をあけ、支配者とその賓客に向かって歓声をあげる。かつぎ手は、洞窟中央にしつらえたテーブルまでツルマウストとパンカ＝スクリンを運ぶと、ふたりが食事をとれるよう、そこで輿をおろした。

泉のマスターはいくらか空腹を感じていたが、ツァフールの食事がルーワーの代謝にあうかわからないため、慎重に口にする。目をみはるほど、さまざまな料理がならんでいた。盲者はすいぶん豊かな食生活を送っているらしい。料理には多くの肉類が使われている。宇宙に存在する左右対称の生物の大部分がそうであるように、ツァフールも雑食のようだ。

やがて、ツルマウストが合図を送ると、かつぎ手はふたたび輿をかつぎあげた。パンカ＝スクリンは支配者に言葉をかけられたが、トランスレーターを切っていたため、理解できない。スイッチをふたたびいれると、こういってみる。

「そろそろひきあげ、あとは民衆にまかせよう……あなたがいま、そう提案したのなら、全面的に賛成だ」

ツルマウストの口もとがひろがった。唇に開いた隙間から、二列にならんだ光る歯がのぞく。あとで知ったが、これはよろこびの表現らしい。

「たしかにそういったのだ、友よ」と、支配者は応じ、「宮殿に向かおう。あなたには休息が必要にちがいない」

一行は宴席をあとにし、半楕円形の表玄関につづくひろい斜路をのぼった。スクリ＝

マルトンが完全に平常にもどっている。パンカ＝スクリンはこれをすこし不思議に思った。脈動はごくふつうで、なんら特別な反応をしめさない。未知の環境下にあり、物質の泉のすぐ近くにいるにもかかわらず。

アーチの向こうにつづく宮殿内部は、無数の松明に照らされていたツァジワードの洞窟にくらべ、薄暗い。いまや、パンカ＝スクリンの望みはただひとつ……ツルマウストが先ほどいったとおり、休息をとること。実際、休む必要があった。この精神は、どのような負担にもなんなく耐えられる。とはいえ、地下世界にきてからの負担は、精神的なものではない。

泉のマスターは生まれてはじめて、肉体的に疲労困憊《こんぱい》していた。

4

ヴァジランはオクリドンとスッァロのふたりを連れ、小型円盤艇で大型プラットフォームの先端に向かっていた。ここはヴァジランたちが〝グレイの使者〟と呼ぶロボット船の発着陸床で、大型宿の輪郭から大きく宇宙にはりだしている。

現在、合計六隻のグレイの使者が待機していた。いまのところ任務はない。〝境界〟でなにかが起きるまで、待つのだ。境界は、こちら側にある〝存在空間〟と、グレイの使者のみが到達できる外側の〝非存在空間〟のあいだにあり、秘密のヴェールにつつまれている。

ヴァジランはテクノ・ソナー兄弟団のリーダーである。ツァフールの小集団だが、エリートの集まりだ。宇宙船を発着させ、その報告記録を把握し、必要なら新しい船を建造できるのは、テクノ・ソナーだけだから。ヴァジランは〝長兄〟と呼ばれている。猪《い》首《くび》の大男で、三本の腕を持ち、けばけばしい色彩の袋状の衣類を好んで着用した。

反対に、オクリドンは華奢で痩身《そうしん》だ。頭髪がなく、細長い脚が身長の三分の二を占める。スッァロと同様に長兄の副官をつとめ、みずから〝次兄〟と名乗っていた。

オクリドンと対照的に、スッァロはずんぐりした体型である。同じく頭髪はないが、頭部中央に肉垂でできた〝とさか〟を持っていた。興奮すると逆立ち、その色で喜怒哀楽がわかる。

やがて、円盤艇はプラットフォームの先端に到達。大型宿の突出部にとりつけられた太陽灯が、衛星のようにやわらかな光をはなった。漆黒の宇宙では、恒星が遠く輝いている。あそこまで到達するのが、ツァフールのはるか昔からの夢なのだ。三名は円盤艇をおりると、切りたつようにつきでたプラットフォームの縁まで歩いた。ここからは、恒星を下方に望める。

小惑星の地表全域と同様、プラットフォーム上にも呼吸可能な空気があった。人工重力フィールドで固定され、大型宿を泡のようにつつんでいる。だが、厚い大気層とはいえない。円盤艇でプラットフォームの先端から飛びたった命知らずが、これまで数人いたが、圧力低下と呼吸困難で命を落とす直前に、かろうじてもどってきたもの。

ヴァジランは副官ふたりに向きなおり、

「進展があった」と、口を開く。「だれも予想しなかったものだ。きみたちと相談したい。ここにきたのは、密集した町なかよりも、恒星が見える場所のほうが名案が浮かぶと思ったから」

「なんの話か、想像がつきます」オクリドンが待ちきれずに口をはさむ。「宿の主人がボロンツォトの手中にあるかぎり、われわれも安心でした。ところが、女どもに奪われたあと、逃げだしてしまい、現在どこにいるのか、だれにもわからない」

「ま、そんなところだ」と、ヴァジランが認める。「きみはまだ知らないようだが、わたしには、宿の主人がどこに消えたかわかる」

「どこです？」オクリドンとスツァロが同時に口を開く。

「ツルマウストの帝国だ！」

スツァロのとさかが逆立つ。グリーンを帯びているのは、憤慨した証拠だ。

「ならば、宿に連れてくる必要などなかった」と、うめくようにいう。

「もう、とりもどせないと思うのか？」ヴァジランがたずねる。

「もちろんです！　それとも、みずからもどってくると？」

「その可能性はある」と、ヴァジラン。「もっとも、おのれの領域にいるのがだれか、ツルマウストが知ったなら、手ばなさない恐れはあるが」

次兄ふたりは黙ったまま考えこんだ。やがて、オクリドンが口を開く。

「先ほど、われわれと相談したいといいましたね。なにをです？」

「単純なことだ」と、ヴァジラン。「計画をあきらめたくないなら、宿の主人を連れもどさなければ」

　オクリドンは理解不能とばかりに長兄を見つめ、

「連れもどす？　どういう意味です？」

「わかるだろう、兄弟」スツァロがうなるようにいう。「長兄は、地下世界に侵入し、宿の主人を連れもどすつもりなのだ」

「地下世界に？」オクリドンは驚いて、「ツルマウストの帝国に？」

「そうだ」と、ヴァジラン。「それほどひどい案か？」

「盲者に、ずたずたにひきさかれるでしょう！」

「われわれには手だしできない！」ヴァジランは反論した。「こちらはより強力な武器を持ち、まさっているから。連中がわれわれを恐れても、こちらが向こうを恐れる必要はない」

　オクリドンの顔つきから、乗り気でないとはっきり見てとれる。だが、長兄はすでに決めていた。ヴァジランの決定は、そのとおりに実行されるまでだ。

＊

　パンカ＝スクリンは数時間ゆっくり休息したあと、食事をとった。すでに、盲者の飲食物はほとんど問題なく摂取できるとわかっている。食事をすませると、ツルマウストと長いこと話しこんだ。支配者は客人とじっくり話しあうため、玉座の間にもどる時間を遅らせている。

パンカ＝スクリンは、おのれの素性についてくわしく語った。玉座の間での短い挨拶では不充分だったから。同胞が宇宙の特定ポイントを探していることは話したものの、そこがどういう意味を持つかはいわずにおく。それから、このポイントの座標についての手がかりを、ムルコンの城で見つけたいと告げた。これはまんざら嘘でもない。実際、この小惑星で〝目〟の補完部品を探しだすつもりなのだから。

ツルマウストはパンカ＝スクリンに、捜索のためのあらゆる援助を約束した。さらに、盲者の日常生活について語る。これによりわかったのは、独立姉妹団のメンバーが地下世界の住人に対していだいている恐れは、ほとんど迷信ともいえるもので、まったく根拠がないということ。

ここで支配者は話題を変え、

「わが民がどれほどあなたを尊敬しているか、すでにお気づきだろう。あなたから外の世界について学ぶことができるので、教師とさえ思っている。くつろげるよう、ひろい居住用洞窟を用意しよう」

パンカ＝スクリンはこの申し出に特別な意図がふくまれていると察し、

「わたしがいつまでもこの帝国にとどまるよう、お望みか？」と、たずねる。

「そうしてもらえるなら、感謝の意にたえないのだが」

「思いだしてもらいたい！」と、ルーワー。「先ほど、わが種族が特定ポイントを探していると話したことを。わたしには使命がある。ここに永遠にとどまるわけにはいかないのだ。同胞のもとに帰らなければ」

「だが、どうやって？　宇宙船が、存在空間から外に出るのは不可能だ」

「テクノ・ソナー兄弟団のロボット船は、出いりできるようだが」泉のマスターは反論した。

「たしかに。だが、船内に生物がいたら、すべて死んでしまう！」

「なんらかの方法があるはず！」パンカ＝スクリンは譲らない。「わたし自身、ロボット船に乗せられたが、たえまない嵐が襲う危険な境界を、無傷で乗りこえたのだ。方法はあるとも。わたしがそれを見つけよう！」

ツルマウストはしばらく沈黙した。考えこんでいるようだ。やがて口を開き、

「あなたにはかなわない」と、いった。「だが、ひとつたのみがある！」

「いってみてくれ」

「危険な境界をこえる方法を見つけるまでは、あなたはわれわれの客人だ！　ボロンツォトやガルロッタたちのところには、もどらないでほしい！」

「わたしもそう思っていた！」と、泉のマスターは快諾する。「あなたのいうとおりにしよう。もっとも、探し物が地上の塔の世界にではなく、ここ地下世界にあった場合の

話だが」

ツルマウストは、この答えに完全に満足したわけではないようだ。対話を終える直前、部下をひとり呼びよせると、パンカ＝スクリンの身のまわりの世話をいいつけ、賓客の望みをすべて、ただちに叶えるよう命じた。それから、ふたたび職務にもどるため、別れを告げる。

もっとも、泉のマスターにはわかっていた。そうかんたんには、ツルマウストの帝国を立ちさることはできないだろう。

＊

ツルマウストが泉のマスターの世話をいいつけた男は、シグナルドという名である。父親は玉座の間の炎の番人で、そのことをいささか誇りに思っていた。中背でずんぐりしている。哲学者気質で、長く熟考することを好み、性急な結論はくださない。ツァフールの遠い祖先を彷彿《ほうふつ》させる外見だが、六本指の手だけが、この男の家系もまた突然変異をまぬがれなかったことをしめしていた。完全なかたちの眼球は、全体が薄グリーンである。

シグナルドは泉のマスターに対し、特別な敬意をもって接した。問われるまでけっして口を開かない。みずから姿を見せることはできるかぎり避けていたが、パンカ＝スクリンが用のあるときは、短く呼びさえすればただちに飛んでくる。

泉のマスターは、ツァフールの伝説や伝承について、シグナルドからくわしい情報を得ることに成功した。地下世界の盲者は、ツァフールの祖先アークアロヴとイリットにあだ名をつけたらしい。アークアロヴは〝ギャンブラー〟、イリットは〝宙賊〟である。

シグナルドにいわせれば、最初の父、あるいは最初の母という名称は、適切ではないそうだ。というのも、アークアロヴとイリットには男女の従者が多数いたから。当時、ムルコンが城に迎えいれた客人は、五十人から三百人ほどいたという。つまり、現在ここに生きるツァフールの祖先は、アークアロヴとイリットだけでなく、その従者すべてのはず。

轟音マスターについては、シグナルドもほとんど知らないようだ。ときおり怒りを爆発させ、そのたびに盲者の世界に被害をもたらすらしい。とはいえ、対策はなく、うけいれるしかないそうである。

セレナの件に関しては、シグナルドも、アークアロヴの亡霊が関与しているという。

もっとも、

「もちろん、支配者の前でそういってはなりません」と、急いでつけくわえたが。

「わかっている。ツルマウストはアークアロヴ伝説の番人だからな」と、パンカ＝スクリンは思いだしたようにいう、「また、イリット物語の守護者でもある。とはいえ、その物語とは？」

「長く複雑な物語でして」シグナルドが独特の慎重さで応じる。「伝説によれば、いつの日かアークアロヴとイリットがもどってきて、種族を過密状態の城から解放するといいます。復活の日、ふたりは城の奥深くからあらわれ、最初に出会った子供に、アークアロヴとイリットのことをたずねるとか。その答えが満足のいくものなら……つまり、子供がアークアロヴとイリットをほめたたえれば……ふたりは約束を守り、われわれに自由をあたえるでしょう。ですが、侮辱するようなことをいえば、最初の父と母は城から出ていき、もどることはありません。そして、ツァフールは永遠にとらわれの身となるのです」

「つまり、ツルマウストの役目は」パンカ＝スクリンは結論づけた。「アークアロヴとイリットに対する人々の記憶を、可能なかぎり、明るく友好的なものにしておくことなのだな」

「もちろん、不可能な話ですがね」シグナルドが間髪《かんはつ》いれずにつづける。「多くの伝説によれば、アークアロヴは暴力的で残忍な男だし、イリットは配下の男たちにひどい仕打ちをしたようですから」

「だが、種族のだれもがふたりの高潔さを信じないなら」と、泉のマスターは口をはさみ、「どうやって自由を得るつもりだ？」

「まず、伝承自体が信じられるものなのか、それが問題です。アークアロヴとイリットがいつの日かもどってくると、だれが保証できますか？」

「ツルマウストはそう信じている！」

「それはどうでしょう。ツルマウストは種族の支配者です。種族の繁栄に責任がある。この伝承にすこしでも信憑性があるのなら、すべての可能性にそなえるため、考慮にいれる必要があるわけです。ここまでは、支配者の行動は正当なもの。それでも、わたしには伝承の方法を誤ったように思えますが」

「きみが支配者の立場なら、どうする？」

「われわれが数千年来、そうしてきたようにします。種族の父と母について、子供にはその徳のみを教え、醜い面は大人になってから告げればいいでしょう」

＊

パンカ＝スクリンはシグナルドとの会話を楽しんだ。ツァフールの思考は素朴かつ単純で、実現態的要素をまったくふくまない。非常に興味深い研究対象である。

その哲学は道徳的要素をまったく持たない、純粋な実用主義だ。客人としてこの惑星を訪れたツァフールの祖先が、いかに粗暴な連中であったか、容易に想像がつく。疑問なのは、強者ムルコンがなぜ、そのような連中と友好関係を築いたかということ。

泉のマスターにとり、一点だけ気にかかることがあった。ときおり、シグナルドと同じように非実現態的な考え方をしようとすると、愉快で爽快な気分になるのだ。これが心配の種である。

パンカ＝スクリンは小惑星の秘密を解明する計画をたてた。出発点は、怒れる亡霊からセレナを救った、あの暗いホール以外にない。興味深いのは、ホールの奥にあった謎の大型装置だけではなかった。亡霊の存在そのものが、計画において重要な役割をはたすだろう。

セレナを襲った亡霊は、実際にいるにちがいない。物理的な……あるいは、ひょっとしたら、形而上学的《けいじじょうがくてき》な存在であろう。側女の妄想などではない。宇宙を無限にさまよってきた結果、これまでにも何度か、純粋にエネルギーからなる生物に遭遇したことがある。肉体を失ってそうなった者も、最初からエネルギーとして存在する者もいた。

後者は、思考や行動様式において、肉体を持つ生物と本質的には変わらない。だが、前者の多くは危険な存在である。過去に肉体を所有していたことが忘れられず、その状態を再現しようと切望するからだ。この切望が、ほとんどの場合、不幸なエネルギー体における原動力となる。肉体を持つ知性体に近づき、その体内にもぐりこもうとするのだ。失敗すると、肉体の所有者に可能なかぎり精神的苦痛をあたえることで、みずからを活性化し、心的な力を蓄えようとする。

これがセレナの件の真相にちがいない。アークアロヴの亡霊かどうかはわからないが、いずれにせよ、精神的シグナルでセレナを呼びよせ、その精神的苦痛から活力を得ようとしたのだ。それが伝説のとおり、ツァフールの最初の父母の亡霊であるなら、当事者から直接、聞けるかもしれない……ムルコンがおのれの城にふたりを招いた当時、なにが起きたのかを。そこには、パンカ＝スクリンがこれまで解明できなかった謎を解く鍵があるだろう。

巨大構造物である城が高性能計測装置で探知できなかった理由も、そのひとつだ。あるいは、ムルコンの消息についても。とうに死んだという者もあれば、どこか城の奥深くにかくれているという者もいる。さらに、うまくいけば、探しもとめる〝目〟の補完部品のありかもわかるかもしれない。

つまり、セレナを助けた暗闇の大ホールから捜索をはじめるには、いくつも理由があるということ。シグナルドにこの計画について話すと、予想どおりの反応が返ってきた。「ご存じのように、わが種族はあなたを尊敬してやみません」と、ツァフール。「あなたの輿をよろこんでかつぐ者も、供《とも》をする男女も、見つかるでしょう。わたしもいっしょに行きます。あなたを心からお慕いしていますし、支配者からもそう命じられていますので。それでも、われわれの心は恐怖に満たされてしまう。あそこにいる亡霊に会いたい者など、ひとりもいませんから」

「その恐れは不要なもの。すでに証明したとおり、わたしが亡霊を恐れるのでなく、逆に亡霊がこちらを恐れるのだ。あらわれたら、わたしが相手をする。手に負えない獲物に手を出してしまったと、向こうはすぐに気づくはずだ。もっとも、あらわれる前に阻止するつもりだが」と、泉のマスター。

「どうやってですか？」シグナルドが驚きの声をあげる。

「炎の浄化作用を知っているだろう。支配者の玉座の間で燃えている炎だ。従者には、その四つの炎で点火した松明を持たせる。この炎が亡霊を追いはらうのだ！」

シグナルドは深い畏敬の念をしめし、

「あなたの知恵はすべてにまさるでしょう、ご主人！」と、感嘆の声をあげた。「失礼して、必要な準備にとりかかります」

泉のマスターは、うしろめたい気がした。松明が必要なのは、高感度なおのれの視覚器官にとってさえ、ホールの奥が暗すぎるからだ。これは、最後の瞬間に思いついたもの……盲者が信じる炎の魔力を利用して、従者の不安をとりのぞくための心理トリックにしようと。

その作戦がうまくいった。それでも、シグナルドをだましてしまったような気がしてならない。

シグナルドが集めた調査隊はかなりの規模となった。松明の持ち手は全員、男である。支配者は調査に同意し、玉座の間にある四つの永遠の炎で松明に火をともすことを許した。

はたして、ツルマウストはこの計画について、本当のところどう思っているのか、パンカ＝スクリンにはわからない。それでも、支配者自身がシグナルドに指示を出し、可能なかぎり多くの従者を集めたにちがいなかった……客人をつねに見張り、地上世界にもどる機会をあたえないように。

＊

ホールまでは順調だった。パンカ＝スクリンは男六人の輿にかつがれ、みずから先頭を進む。亡霊を恐れる必要などないと、従者たちにしめすためだ。シグナルドはつねに泉のマスターのそばをはなれない。松明をかかげる従者は輿のあとにつづき、つねに前方を照らした。シグナルドがパンカ＝スクリンの言葉を仲間に伝えたのだろう、従者たちに恐れるようすはみじんもない。

例の大ホールに到達すると、前回と同じ状態のままだった。地震の痕跡がいたるところに見られる。ホールの床は岩場と化していたため、輿のかつぎ手はとりわけ慎重に歩みを進めた。

一行はまもなく、パンカ＝スクリンがセレナと遭遇した場所まで到達。松明が周囲を明るく照らす。二列にならんだ、重量感のある大型機械装置が見つかった。金属表面が松明の光を鏡のように反射し、新品のように見える。それでも泉のマスターには、おのれの年齢以上に古い装置だとわかった。想像をこえるほど長いあいだ、放置されてきたにちがいない。装置をつくりだした技術は未知のものだ。しかし、充分に調査すれば、その機能を把握できるだろう。

だがこの瞬間、べつの事象に注意をひきつけられた。装置の向こう側に、さらに勾配のはげしいくだり坂がつづいている。岩壁と天井が同時に迫り、まるで未知の深みにつづく暗黒の漏斗のようだ。

かつぎ手に輿をおろすよう命じ、床におりた。シグナルドに向かって、

「あの漏斗のなかを見てみたい。全員で進む必要はないだろう。松明の持ち手五人を集めてくれ」と、指示。

シグナルドは従者四人を呼びよせ、さらにべつの男から松明を奪うと、宣言する。

「準備完了です！」

パンカ＝スクリンみずから先頭にたった。小型トランスレーターから、ツァフールが周囲を探る音が、鳥の鳴き声のように流れてくる。大ホールからつづく道はどんどん細くなり、最終的には直径五メートルほどの管状になった。勾配もさらに険しさをまし、

コルク栓ぬきのようならせんとなって、深みにつづいている。

滑りおちる危険を感じるところまで、急勾配を進んだ。目の前には真っ暗な穴がつづく。深さを調べようと、小石を投げいれた。壁にあたる音はちいさくなっていくものの、穴の底に達したようすはない。やがて、音が聞こえなくなる。

突然、上方から叫び声が聞こえた。漏斗と管の特殊な形状のせいで、大きく反響する。

泉のマスターは、すばやく踵を返し、

「もどろう！」と、シグナルドに向かって叫んだ。「上でなにかあったようだ！」

松明の持ち手が、大急ぎで穴をひきかえす。パンカ＝スクリンも全速力でつづいた。

ようやくトランスレーターが混乱した叫び声を認識し、ルーワー語に訳す。

「亡霊だ！　亡霊だ！」と、泉のマスターの耳に響いた。

とうとう漏斗の出入口に到達。巨大なホールが昼間のように明るい。光は漏斗の反対側からくるようだ。光源は三つ。直接には目視できないほど、まぶしい。

すでに従者たちは松明をほうりだし、逃げうせていた。まぶしい光を逃れ、安全な通廊にもどった者もいれば、ホールの岩かげにかくれた者もいるだろうが、よくわからない。

だが、ひとつだけわかったことがある。まぶしい光源を携えた未知存在が何者であろうと、亡霊でないのはたしかだ！

5

独立姉妹団の女たちは、真正ツァフール兄弟団がボロンツォトの命令で攻撃をしかけてきたことに激昂していた。そのため、ヴァジランとの交渉も、当初は困難をきわめたもの。ヴァジランは独立した兄弟団の長兄であるにもかかわらず、王の家臣とみなされていたから。

だが、ついに突破口が開かれる。ヴァジランがサルサパルに対し、かんたんには拒否できないような提案をしてきたのだ。二度、独立姉妹団の領域を通過する見返りとして、六十三基の小型技術機器からなる装置一セットを提供するというのである。

横目使いはこの提案に乗った。ただし、ヴァジランの一挙一動すべてを監視すると伝える。さらに、同行者は十二人以下にするよう要求。ヴァジランは十二人を慎重に選びだした。もちろん、オクリドンとスツァロをふくめて。のこり十人も、テクノ・ソナー兄弟団えりすぐりの戦士だ。大型宿で最強の武器を、全員が携行する。

交渉は秘密裏に運ばれた。ヴァジランは細心の注意をはらい、計画がボロンツォトに知られないようにしている。これは、サルサパルが協定を結んだ大きな理由でもあった。ボロンツォトひきいる真正ツァフール兄弟団と、ヴァジランひきいるテクノ・ソナー兄弟団が反目しあえば、女たちにとって有利にちがいないから。

ヴァジランは女たちの領域を通過する理由をけっして明かさない。サルサパルにも想像がつかなければいいと、望んでいたようだ。だが、これはもちろん、むなしい希望だった。横目使いはとうにわかっている。側近さえ完全には信用できない。塔内の女たちの生活は孤独である。どんな女でも、いつかは相手がほしくなるもの。その思いが強くなると、秘密情報を餌に、男の興味をひこうとする女が出てくる。ヴァジランもこうして宿の主人の消息を知ったのだ。

とはいえ、テクノ・ソナー兄弟団の勇敢さには、サルサパルも驚いた。盲者の住む地下世界から、宿の主人をとりもどそうというのだから。

いまはまだ、ヴァジランとの協定を完全に守るかどうか、決めかねている。テクノ・ソナー兄弟団が地上にもどってきたところで宿の主人を横どりすれば、独立姉妹団にとり、大きな収穫となる……それはもちろん考慮にいれていた。時がきたら、決めればいい。いまのところ、テクノ・ソナー兄弟団がツルマウストの暗黒帝国からぶじ帰還できるか、それさえわからないのだから。

ヴァジランと部下十二人は、とりきめた時間どおりに、独立姉妹団との領域境界にあらわれた。女たちはそこから、兄弟団を塔に導きいれ、きびしい監視のもと、宿の主人とサルサパルが落ちた暗いシャフトまで進ませる。

テクノ・ソナー兄弟団は、女たちの驚嘆の視線をうけながら、次々と暗い穴に跳びこみ、たちまち底に消えていった。

＊

先頭にたつのはヴァジランとスッァロだ。ふたりとも、周囲の状況に応じて光の量が調節可能なランプを所持している。

盲者の領域にはいって最初は、慎重かつ用心深く侵攻した。だが、まもなくヴァジランは、ここが非居住区域であることに気づき、部隊を急がせる。四日ぶんの食糧しか携行していないのだ。かぎられた時間で宿の主人を奪還できなければ、盲者から食糧を徴発することになる。それは、なんとしても避けたい。

無限につづくように思える、がらんどうの通廊を進み、数時間が経過。突然、スッァロが立ちどまり、無言で注意をうながした。ランプがただちに消される。目が闇に慣れてくると、通廊のはるか奥に、ぼんやりとしたオレンジ色の光が見えた。同時にかすかな音がとどく。

ヴァジランは部下に向かって、

「とりあえず、ここで待て！」と、命じた。「オクリドン、しばらく部隊の指揮をたのむ。わたしとスッァロはようすを見てくるから」

スッァロはすでに先に進んでいた。頭部のとさかが逆立ち、黄色くなっているのが、遠い光をうけて見える。闘争心をかきたてられているのだろう。

光と音が急速に近づいてきた。テクノ・ソナー兄弟団のふたりは、とうとう巨大ホールに到達。やや下向きに傾斜した床が、岩でおおわれている。音とオレンジ色の光は、ホールの反対側につづくトンネルから漏れていた。

「このあたりにかくれよう！」と、ヴァジラン。「ホールの瓦礫《がれき》が充分な掩体《えんたい》となるだろう！」

迷っているひまはなかった。適したかくれ場を見つけたとたん、トンネルから、松明を手にした盲者の大群が押しよせてきたのだ。なぜ、盲者に松明が必要なのか……ヴァジランは疑問に思った。それ以上に気になるのは、行列の先頭をつとめる奇妙な一団である。

かつぎ手六人が、平行な棒二本に椅子のようなものを載せて運んでいる。そこにすわっているのは……宿の主人だ！　隣りのスッァロから興奮した息づかいが聞こえてくる。次兄にも、これが捜索のターゲットだとわかったのだろう。

行列はトンネルをまわりこみ、ホールにはいってきた。かつぎ手六人と松明の持ち手たちが、瓦礫でおおわれたホールを巧みに進んでいく。そのようすは驚嘆に値《あた》いするものだ。

一行はホールの奥に進んだ。そのさい、盲者数名がふたりのかくれ場のすぐそばをとおりすぎ、松明の持ち手の話し声が聞こえてくる。尊敬する異人が、はたして本当に亡霊を追いはらう力を持つのか、疑問に思っているようだ。

行列はホールの奥に到達し、そこで停止。松明の明かりで、宿の主人が輿を降り、従者五人をともなって一行からはなれるのが見えた。もっとも、どこに向かったのかはわからない。ホールの奥は、ここよりも傾斜が急なのだろう。さらに、松明の持ち手たちが視界をさえぎっている。

「これから話す計画を仲間に伝えるのだ」と、ヴァジランはスッァロに向かい、「盲者たちは亡霊を恐れている……追いはらうと、宿の主人が約束したらしいが。われわれ、亡霊になりすまし、連中を恐怖におとしいれよう! ホール入口で位置についてくれ。三人がランプを用意するのだ。わたしが合図したら、大声で叫びながらホールになだれこめ。盲者は恐怖にわれを忘れて逃げだすだろう。だが、手だしはするな。連中に用はない。重要なのは宿の主人だけだ。従者が逃げだせば、ターゲットをかんたんに捕まえ、連れ帰ることができる」

「宿の主人がもどってくると、なぜわかるのです?」と、スッァロ。「すでに立ちさったのを見たはず」

「もどる気がなければ、松明の持ち手をここで待たせるはずはないだろう、おろか者！」と、ヴァジランはたしなめる。「さ、行け！　可及的すみやかに応援を連れてくるのだ！」

スツァロが急いで立ちさった。十五分ほどでもどり、

「オクリドンたちは、ホール入口で待機しています」と、ささやくように告げる。

ヴァジランは、あえて掩体から顔をのぞかせた。オクリドンが合図を送ってくる。

「こちらはなんの動きもない」長兄はスツァロに告げた。

「まだ待つつもりで？」

ヴァジランは一瞬ためらったが、すぐに決心し、

「いや、ただちに攻撃する！　仲間に合図を送れ！」

スツァロは命令にしたがった。次の瞬間、ホールの入口近くで大混乱が起きる。テクノ・ソナー兄弟団が大声で叫びながら、石づくりの巨大ドームになだれこんだのだ。恒星のように明るいランプ三基が、瓦礫の山を真昼のような明るさで照らした。ショックのあまり、松明をかかげた盲者たちは数秒間、凍りつく。やがて、足が動くかぎりのスピードで逃げだしたものの、多くが転倒。不慣れな場所であることにくわえ、侵入者の叫び声が〝視声〟と干渉したためである。それでも、すぐに起きあがり、やってき

たトンネルへの最短コースを急いだ。

二分後、ホールにのこったのはヴァジランと部下十二人だけになった。しかし、ホールの奥から人の気配がする。漏斗のような穴の入口から、揺れる松明の明かりが漏れてきた。

「注意しながら、近づくのだ！」と、ヴァジランは声をかける。「宿の主人がもどってくるぞ！」

＊

「なんということだ！」シグナルドがおびえたような声で叫んだ。「本当に亡霊のしわざですか？」

まぶしい光の向こう、こちらに近づく一団がぼんやりと見える。そこでパンカ＝スクリンは、

「ちがう、友よ。亡霊ではない」と、応じた。「地上世界の住人だ。ボロンツォトの兵士か、あるいは、テクノ・ソナー兄弟団だろう。ひょっとしたら、独立姉妹団かもしれない。かれらはきみたちに用はない。わたしを追ってきたのだ！」

シグナルドは姿勢を正すと、宣言した。

「連中を追いはらいます、ご主人！　あなたに害がおよぶのを、黙って見ているわけに

はいきません」

ほかの松明の持ち手四人は、勇敢にも、すでに尊敬する客人をかこみ、守ろうとしている。それでもおびえているのが、パンカ＝スクリンに伝わってきた。

「きみたちのかなう相手ではない、シグナルド」と、おちつきはらって応じる。「正体がわかったぞ。テクノ・ソナー兄弟団だ。ヴァジランが指揮している。きみたちの力では太刀打《たちう》ちできない武器を持つようだ。どうか、松明を投げすて、ツァジワードにもどってほしい！」

「ですが、あなたはわれわれの客人です！」と、シグナルドが反論。「支配者も、われわれに命じ……」

「わたしのいうとおりにするのだ」パンカ＝スクリンは言葉をさえぎった。「こうなっては、もうどうしようもない。ツルマウストのもとにもどり、感謝の意を述べてくれ。さらに、こう伝えてほしい……わたしは地上世界で捕虜として甘んじるつもりはないと。可能になりしだい、支配者のもとをふたたび訪れる」

シグナルドは松明の持ち手四人に向かって、尊敬する客人の意にそうよう命じる。四人はただちに、よろこんで消えうせた。だが、シグナルドは、

「あなたが地上のツァフールと、いかに折りあうつもりかはわからないが、窮地におちいることもあるかもしれません。そのさい、〝パールキアン〟という名を知る者が近づ

いてくるでしょう。その者を信用し、まかせてください」

これについてパンカ＝スクリンが質問する前に、シグナルドも松明を投げすて、急いで立ちさる。実際、ぎりぎりだった。テクノ・ソナー兄弟団が数歩先まで迫っていたから。とはいえ、シグナルドには手だしせずに見逃す。泉のマスターの判断は正しかった。やはり、かれらの目的はおのれだけらしい。

ヴァジランはパンカ＝スクリンに近づき、

「われわれ、あなたを闇の世界から救うためにやってきました！」と、声をかける。

「助けを要請したおぼえはないが」泉のマスターはひややかに応じた。「みずから進んでここにきたのだ。地上世界にもどりたくなれば、ふたたびもどるまで」

「それまで待つわけにはいきません」と、ヴァジラン。「あなたが自由に導いてくれるのを、ツァフールのだれもが待っているのです。あなたにはその義務がある。遠い未来ではなく、いますぐに！」

「こちらはきみたちに対し、なんの義務もない！」と、パンカ＝スクリン。「きみたちはわたしを拘束し、わが意図に反してこの小惑星に連れてきた。そちらこそ、義務を履行すべきだ。つまり、わたしを自由にする責任がある。とはいえ、いまさら義務や責任について議論してもむだだろう。これまでの仕打ちは、すべて水に流そうではないか。きみたちの夢の実現に協力したいと思っている。もっとも、わたしにその力はないぞ。

わたしを宿の主人だと思っているようだが、誤解だ。わたしは宿の主人ではない。大型宿や、存在空間と非存在空間の境界に関する謎については、きみたち同様、なにも知らないのだ！」

＊

しばらく、ヴァジランはひと言も発しなかった。顔つきだけが変化する。下顎がさがり、口はあいたまま、目を大きく見ひらいて、

「宿の主人ではない……？」と、ようやくくりかえした。

スッァロのとさかはしぼみ、グレイに変化している。

「われわれを救えないというので？」ヴァジランが絶望の声をあげた。

「きみたちの望むようにはな」と、パンカ＝スクリン。

「ならば、どのようになら救えると？」

「まず、大型宿を調査しなければならない。存在空間と非存在空間の境界に関する謎の秘密を解く鍵がどこかにあるだろう。時間が必要だ。わたしは、ここに永遠にとどまるつもりはない。同胞のもとにもどりたいから。そのためには、この存在空間をぬけだす必要がある。つまり、きみたちの望みはわたしの望みでもあるということ。もっとも、まずは組織的調査のための準備をしなければ」

「どのような準備を？」と、ヴァジラン。

「きみたちはテクノ・ソナー兄弟団と名のり、大型宿にある技術機器の大部分を管理しているな。そのうちのいくつかが必要だ。いったん、それらをとりにもどってから、この漏斗を調査する。すべての謎の答えは、その地下深くにあるにちがいない」

ヴァジランはどうしたものかわからないらしく、スツァロに向きなおると、問うように見つめた。すでにオクリドンも駆けつけている。

「どう思う？」と、長兄。

スツァロが応じる前に、オクリドンが口をはさんだ。

「ここに長居は無用です。ツルマウストが真相を知れば、強力な戦力をしたがえ、襲ってくる……」

「そのとおりだ！」と、ヴァジランはさえぎる。「ただちに撤退しよう」

つづく命令をくだそうとしたところで、パンカ＝スクリンが口を開いた。

「最短距離で地上にもどるつもりなら、ある程度の負担を覚悟する必要があるぞ」

「どういう意味です？」

「わたしは、ここから地上につづくシャフトまでの道を知っている。一度、歩いたからな。何時間もかかる。この脚を見てみろ。長距離歩行には向いていない。きみたちの足手まといになるだろう」

「どうしろというので?」ヴァジランが驚いてたずねる。

パンカ＝スクリンは輿をさししめし、

「あの道具が見えるか? きみの部下がわたしをかつぐのだ!」

＊

テクノ・ソナー兄弟団は、パンカ＝スクリンの要求をまったく歓迎しなかった。とはいえ、地下の暗黒世界を可及的すみやかに脱出することが、自分たちにとっても重要だと、最後には理解する。泉のマスターは不格好な輿に乗り、ヴァジランの部下六人がこれを持ちあげた。独立姉妹団の塔につづく、すくなくとも十キロメートルのトンネルを、ルーワーをかついだまま移動するのだ。

シャフトを進むあいだ、ヴァジランとスツァロが前衛をつとめる。長兄には気がかりなことがあった。テクノ・ソナー兄弟団が地下世界にもぐった理由をサルサパルが知れば、宿の主人を横どりしようとたくらむかもしれない。これは協定違反だし、横目使いはふつうなら信頼できる相手なのだが、今回は話がべつだ。だれが宿の主人の運命を握るかが、かかっているのだから。宿の主人の重要性はひろく知られている。それを考えれば、協定の遵守《じゅんしゅ》と、協定違反により手にする利益を、サルサパルが天秤《てんびん》にかけることは容易に想像できる。

しかし、この懸念は不要なものであった。独立姉妹団の一部がシャフト出口でテクノ・ソナー兄弟団を待ちうけていたが、宿の主人を見ても、いっこうに驚いたようすはない。サルサパルがこちらの目的をすでに知っていた証拠だろう。テクノ・ソナー兄弟団は、往路同様に、復路もつねに監視されながら進んだ。横目使いは一度も姿を見せない。一行が塔の出口までくると、女たちは停止。長い道のりのあいだ、テクノ・ソナーたちは一度も声をかけられることはなかった。

横目使いの危険な領域をぬけたとたん、ヴァジランの気分はよくなる。途中、スツァロやオクリドンとひそかに協議した。宿の主人と充分に距離をとったので、トランスレーターが声をひろう恐れはない。

三人とも意見は同じだ。自分は宿の主人でなく、存在空間と非存在空間の境界について、ツァフール同様なにも知らない……異人はそういったが、嘘にちがいない。無知で無害なふりをすることで、なんらかの利益を期待しているのだろう。もっとも、ヴァジランと次兄ふたりは、だまされるつもりはない。グレイの使者がはじめて探知したとき、異人の船は危険な境界のすぐ近くにいたのだ。宿の主人以外のだれが、無限の宇宙のなかでこのポジションを発見できるものか。

それでも、その虚言を見破ったことを、本人にはいわないでおこう。チャンスを見て嘘を暴き、白状させるのだ。とりあえず重要なのは、宿の主人を地下世界から奪還し、女たちの危険な領域をぶじ通過できたこと。これで、すべての困難は乗りきった。大勝利である。宿の主人を手にいれたことで、おのれはにわかに大型宿の英雄となったのだから。

ヴァジランはそう考えながら、真正ツァフール兄弟団の広大な領域と、テクノ・ソナー兄弟団の小領域をへだてる境界をこえる。このうえなく上機嫌だったため、ホールや通廊がいつもとちがうことに気づくまで、数分かかった。団員の姿がひとりも見えないのだ。

通常なら、この周辺は多くの団員でにぎわっている。だが、いまは、グレイの使者のプラットフォームに直接つづくひろい通廊が、まるでゴースト・タウンのようだ。もちろん、ロボット船が予想外に多数、着陸した可能性もあった。この場合、団員は外のプラットフォームに移動し、内部施設にはだれもいなくなる。それでも、ヴァジランは突然、大きな危機感を覚えた。

プラットフォームの出入口から八百メートルほど手前で、一行は〝捕虜〟を連れたまま、テクノ・ソナー兄弟団の領域の制御中枢につづく側廊を曲がる。宿の主人はもう、捕虜以外の何者でもなかった。ヴァジランの住居はこのすぐ近くにある。

ここもしずかだ。ヴァジランは中規模ホールの入口を開けた。ホールの壁にそって、巨大な機械類がならんでいる。マシン以外はなにもない。装置のスイッチは切られている。静寂が不安をかきたてた。長兄は数秒間ためらったのち、あとにつづくよう部下に声をかける。

パンカ＝スクリンにはわかった……このひろい空間に、罠がしかけられていると。テクノ・ソナー兄弟団の領域にもどってからの状況を総合的に判断し、実現態意識によって敵の待ち伏せを知ったのだ。ヴァジランに警告すべきか考えたが、やめておく。もう手遅れだろうから。

この予想は、すぐに現実のものとなった。ヴァジランが部隊をしたがえ、ホール中央に到達したとたん、背後で物音がする。とっさに振りかえると、大勢の兵士がホール出入口を占拠していた。武装は原始的なものだが、その数はテクノ・ソナー兄弟団の五倍に相当する。

「罠だ！」と、長兄が叫んだ。「急ぐのだ、前進せよ！」

そういって走りだす。だが、数歩進んだところで、反対側の出入口にも動きがあった。兵士がなだれこんでくる。先ほど見たよりも多数だろう。そこから、けばけばしい色の服をまとった大男がひとり、兵士たちのわきをとおりすぎた。ホールのなかに数歩進みでて、大声で告げる。

「わたしはボロンツォト、真正ツァフール兄弟団の王だ。ヴァジランとテクノ・ソナー兄弟団の不実に対して報復する！」

横目使いが、宿の主人を奪うことなくヴァジランを通過させたのには、ふたつの理由があった。

6

真正ツァフール兄弟団の王ボロンツォトが、ヴァジランの計画を知り、テクノ・ソナー兄弟団の帰還を手ぐすねひいて待ちうけているらしい……この情報を、信頼のおける筋から入手したのが、第一の理由である。

短期間のうちに二度も、王のじゃまをするわけにはいかない。すでに一度、宿の主人を真正ツァフール兄弟団から横どりした経緯がある。その結果、ボロンツォトの兵士に塔を攻撃されて、女たちは完敗し、命からがら逃げだしたもの。王をふたたび愚弄しようとすれば、ひどい報復をうけるにちがいない。突撃隊を送りこまれ、宿の主人を奪還されるだけではすまないだろう。徹底的攻撃により、独立姉妹団が殲滅《せんめつ》される恐れもある。そうなれば、女王ガルロッタもどうしようもない。女王の権力がおよぶ範囲はかぎられていた。のこる女たちの塔七本を、男たちが支配する兄弟団や組合組織から守るだけで精いっぱいだろう。サルサパルは女王の信頼も厚く、安心してまかせられる臣下と思われている。うかつなまねをして、この地位を失う危険をおかすわけにはいかないのだ。

第二の理由は、異人とシャフトの底でかわした言葉である。その後、異人はトランスレーターを借り、地下世界の闇に消えていった。あのときは恐怖のあまり、相手の言葉をうわの空で聞いていたが、あとから記憶がよみがえる。

あの男は、おのれが宿の主人であることを否定した。もっとも、大型宿については、ここで生まれ育った者より多くを知るようだが……〝ムルコンの城〟と呼んでいたから。また、こうもいっていた……ツァフールがふたたび自由を手にいれる手段はかならずあるが、そのためには、ある道具を見つけなければならないと。

サルサパルは長いあいだ考えこんだ結果、パンカ＝スクリンという名の異人の話を信じることにした。あの男は宿の主人ではないのだ。たとえ奪還したところで、独立姉妹団の役にたつのは、かれが宿の主人であることを依然として疑わない……たとえばボロンツォトのような者が、いるかぎりにおいてである。こうした勝負に出るつもりはない。パンカ＝スクリンを信じよう。じゃませず、自由にさせておけば、ツァフールを過密状態の大型宿から救いだしてくれるかもしれない。

宿の主人を奪還してふたたびボロンツォトの報復をうけるのは避け、真正ツァフール兄弟団にゆだねることにする。女王ガルロッタを通じて王と協定を結び、あの異人が全ツァフールのために動けるようにするのだ。サルサパルは、使者を女王の塔に向かわせた。

だが、すでにそのとき、ヴァジランは機械ホールでボロンツォトに要撃されていたのである。

サルサパルはこのとき、おのれの決定が想像を絶する破局を招くとは思ってもいなかった。王を甘く見すぎたということ。テクノ・ソナー兄弟団に対する報復の残虐さを、予想できなかったのだ。

＊

ボロンツォトの仕打ちは、あまりに非人道的なものであった。これにより、ただでさえあやうい大型宿内の力関係の均衡は、完全に崩れてしまう。その結末は、ひとつしかない。全員が敵同士となり、苛酷な全面戦争に発展するだろう。最悪の場合は、ツァフール種族全体の破滅を招くことになるかもしれない。

＊

ヴァジランは、考えうる最悪の状況に置かれたことを理解した。ボロンツォトの罠に落ちたのだ。強行突破をはかったところでむだだろう。

「なんの話だ！」と、真正ツァフール兄弟団の王に向かっていってみる。「盲者に拘束された宿の主人を、地下世界から奪還し、あなたのもとにもどそうとしているところだが」

ボロンツォトは軽蔑するように高笑いし、

「それを信じるおろか者が、どこにいるものか！」と、愚弄した。「わたしを出しぬこうとしたのはわかっている。信頼できる筋からの情報だ！」

ヴァジランは顔を曇らせ、

「だれにそのような嘘を吹きこまれたのだ？」と、たずねる。だが、その声は不安をかくせない。

「おまえの団員だ、ヴァジラン」と、王。

「わが団員？　かれらは、けっしてわたしを……」

「それはどうかな！」と、ボロンツォトがさえぎった。「ナイフを頸部にあてられたら！」

ヴァジランは身震いし、

「あなたは……団員を拷問したのか？」

「真実を話すよう、強要したまでだ」ボロンツォトはきびしい声で応じる。「部下の身を案ずる必要はないぞ。もう痛みを感じないから」

「殺したのか……！」

ヴァジランの叫び声が、ファンファーレのようにホールに響いた。大きなからだをまるめ、血ばしった目で相手をにらみつける。くぐもった咆哮《ほうこう》を喉の奥から響かせ、王に跳びかかろうとした。

だが、ボロンツォトはこの瞬間を待っていた。すかさず、

「王であるわたしを守れ！」と、兵士に命じる。

ヴァジランは衣服にしのばせてあった棍棒型ブラスターをとりだし、振りまわした。青白い稲妻が次々とはなたれ、ボロンツォトの兵士に命中。三人が音もなく、くずおれる。

怒りにまかせて発砲するテクノ・ソナー兄弟団の長兄に向かって、べつの兵士が槍を投げつけた。二本が右肩にあたるが、ヴァジランは気にもとめない。だが、三本めが胸のまんなかにつきささる。長兄は足をもつれさせ、怒りと苦痛のまじったあえぎ声をたてると、前のめりに倒れた。それでも最期の瞬間まで死と戦い、王に立ちむかうため、何度も起きあがろうとする。とうとう力つき、うめきながらくずおれ、動かなくなった。

ボロンツォトは高圧的な態度で、

「裏切り者たちに報復するのだ！」と、兵士に命令。「だが、宿の主人には手を出す

な」

パンカ＝スクリンは自制を失い、

「やめろ！」と、叫ぶ。「やめるんだ！　無意味な殺戮をするな！」

その言葉には実現態による説得力がこもっていた。ルーワーなら、だれひとりとしてこれを無視することはできないだろう。とはいえ、言葉が小型トランスレーターで変換されると、実現態の力は失われてしまう。それだけではなく、機械によって音量も減衰した。パンカ＝スクリンの叫び声は、巻きおこった騒音にかき消され、だれの耳にもとどかない。

泉のマスターは、なすすべもなく惨劇を見守るしかなかった。カタストロフィを予期しても、防ぐ手だてがない。残忍な光景と、暴力を阻止できない無力さにより、精神的苦痛を感じる。この数日間、はげしく脈動するスクリ＝マルトンからうけた痛みをも、はるかにうわまわるものだ。

もっとも、パンカ＝スクリンの場合、無力さイコール無関心ではない。苦痛を感じながらも、ボロンツォトの大軍がテクノ・ソナー兄弟団の少数の兵士に襲いかかるようすを、しっかりと見つめる。そのとき、スツァロが棍棒型ブラスターで敵ふたりを倒し、争いの混乱をぬけだした。棍棒を左わきにはさむと、右手でポケットからとりだした小型装置を操作している。頭部のとさかはぴんと立ち、燃えるように赤く輝いていた。怒りと絶望をあらわす色だ。

パンカ＝スクリンはスッァロの意図を察し、とめようとした。ひしめく兵士をかきわけて前に進もうとするが、まにあわない。スッァロは勝ち誇った表情を浮かべると、小型装置を突然、不要になったかのように投げすて、ふたたび棍棒型ブラスターをつかんだ。だが、振りまわすにはいたらない。王の兵士ふたりが横から忍びより、槍でつきさしたのだ。

泉のマスターは最後の手段に出た。全速力で、ボロンツォトに向かう。すこしはなれたところから、きびしい表情で血なまぐさい戦いを見つめていた王は、宿の主人に気づくと、反射的に防御の姿勢をとった。パンカ＝スクリンがこの展開を不満に思っていると察したのだろう。

泉のマスターは王に呼びかけた。

「兵士に退却を命じるのだ！　わたしを連れていけ！　可及的すみやかに、ここからはなれろ」

ボロンツォトの鉄のような表情に変化はない。

「まず、テクノ・ソナー兄弟団に制裁をくわえる！」と、冷酷に告げる。

「わたしのいうことを聞かなければ、そちらが制裁をくわえられることになるぞ！」パンカ＝スクリンは絶望したように叫んだ。

「だれに？　あなたにか？」と、王があざわらう。

「ヴァジランのロボットにだ！　スツァロが呼びよせているのを見た！」

ボロンツォトは驚き、狼狽《ろうばい》をあらわにたずねた。「たしかか？　そんなことは、考えても……」

「ロボットだと？」と、
次の言葉が出ない。戦闘の騒音にあらたな音がまじった。うなるような不気味な機械音だ。ホール出入口を向いたパンカ＝スクリンの目に、エンジン音を響かせたロボットが全速力で突入してくるのがうつる。ボロンツォトは急いで振りかえるが、おのれの兵力ではとうてい太刀打ちできないとすぐに察したらしく、

「逃げろ！」と、金切り声で叫んだ。

この警告に最初にしたがったのは、王自身である。その巨体からはだれも想像できないすばやさで、右に走りだした。壁にそって配置された機械装置に向かい、それを掩体にとりながら、反対側の出入口に向かう。

だが、部隊にとっては遅すぎる警告となった。兵士はちょうどテクノ・ソナー兄弟団の最後のひとりを制圧したところで、ボロンツォトの叫び声を聞いても意味がわからない。周囲を見まわしたときには、ロボットがすでにホールを埋めつくしていた。大きさも形状も異なる重装備の飛翔ロボット百体あまりが、予告もなく、ただちに攻撃をしか

けてくる。

惨劇はわずか数分間で終了した。どうやら、戦闘ロボットは泉のマスターを敵と区別したようだ。翼膜の一部さえ動かさずに生きのこれたのだから。

任務を終えたロボットは撤退していく。パンカ＝スクリンはホール中央でうずくまった。まわりには、無意味な報復戦争の犠牲となった死体が累々としている。宿の主人をめぐって対立してきた、テクノ・ソナー兄弟団と真正ツァフール兄弟団のメンバーたちだ。

しかも、それはほんものの宿の主人ではないというのに！

罪悪感はない。実現態意識がはっきりと告げているから……おのれはこの殺戮のきっかけだとしても、原因ではないと。

それでも、苦痛は相当のものだ。むだな死など、実現態哲学ではあってはならないのだから。

泉のマスターは筆舌につくしがたい絶望感にかられた。スクリ＝マルトンが濁ったグレイ色をおびて縮み、脈動もとまっている。

人間でいえば、泣いているのだ。

＊

テクノ・ソナー兄弟団の領域内における殺戮のニュースは、大型宿じゅうに野火のようにひろがった。第一報をもたらしたのは、独立姉妹団の塔に住むひとりの若い女である。恋人との密会のため、塔をぬけだし、テクノ・ソナー兄弟団の領域のはずれで落ちあうつもりだった。約束の時間になっても相手があらわれなかったため、男を探しに出かけ、居住区域に足を踏みいれたところで、ボロンツォトとその殺戮者たちが蹂躙《じゅうりん》したシュプールを発見したのである。

サルサパルは、ただちに女王ガルロッタにあらたな使者を送った。危険な状況だ。迅速な決定が必要とされるだろう。

ボロンツォトは、小規模のテクノ・ソナー兄弟団を潰滅させたのち、これまでヴァジランとその団員が管理していた技術装置をすぐにでも掠奪するだろう。それどころか、最初からこれを狙っていたふしさえある。ヴァジランが宿の主人を独占しようとしたことに対する報復というのは、たんなる口実で、テクノ・ソナー兄弟団を殲滅して無敵の権力を得るつもりだったのかもしれない。

横目使いは、独立姉妹団の塔の反対側に住む二組合組織にも使者を送った。どちらも真正ツァフール兄弟団と友好関係にあるが、たとえボロンツォトの同盟者であろうと、今回ばかりはその行為を追認できないだろう。

さらに、スパイが送られる。そのひとりが俊足プリット、変装の達人だ。真正ツァフール兄弟団の団員をよそおって、直接ボロンツォトの領域に侵入し、周囲のようすをうかがった。

数時間後、プリットがもどってくる。最初、その報告は大きな混乱をもたらした。

「宿の主人は真正ツァフール兄弟団のところにいませんでした」と、俊足は報告する。「だれも居場所を知りません。ボロンツォトは八十人以上の兵をひきいて出陣したものの、たったひとりでもどってきたそうです。しかも、予想より大幅に遅れて。帰還後は宮殿にこもり、側近と協議しているとか」

報告を聞いた横目使いのサルサパルは、小規模部隊を編成し、テクノ・ソナー兄弟団の領域に侵入させた。いまから数時間前の混乱を解明する手がかりを探すためだ。

小部隊は最後に機械ホールに到着し、殺戮の犠牲者たちを発見。テクノ・ソナー兄弟団と真正ツァフール兄弟団のメンバーである。シュプールから、テクノ・ソナー兄弟団の最後のひとりが、倒れる直前にロボットを呼びよせたと判明する。このロボット部隊が相手を始末したのだが、なぜか、ボロンツォトだけ生きのこったらしい。

宿の主人の姿は、どこにも見あたらなかった。

＊

パンカ＝スクリンは、はげしい精神的苦痛を乗りこえ、なにをすべきか考えていた。

数百万年にわたり、ルーワーがかかげてきた目標を追求すること……つまり、物質の泉に到達することよりも、重要なものがあるとは、これまで思いもよらなかった。この目標を達成するため、ムルコンの城で〝目〟の補完部品を探しだすことが、すべてに優先される最重要事項であると、ほんの数時間前まで考えていたのだ。

だが、機械ホールでの戦慄の出来ごとをへて、考えが変わった。優先すべきは、同じような惨劇を二度とくりかえさないこと。それにより、たとえ〝目〟の補完部品の捜索が遅れたとしても、しかたがない。ルーワーの実現態社会で最高位にある泉のマスターが、知性体殺戮のきっかけとなってはならないのだ。

まず頭に浮かんだのは、真正ツァフール兄弟団に投降すること。大虐殺の犠牲者のなかにボロンツォトは見あたらなかった。うまく逃げのびたのだろう。真正ツァフール兄弟団は、ムルコンの城における最強グループのひとつだ。いったんかれらの手中に落ちたら、当分のあいだ、そこにとどまることになるだろう。

だが、ムルコンの城における宿の主人という存在の重要性にかんがみ、考えなおした。もし、ボロンツォトが宿の主人を手にいれれば、ほかの兄弟団や組織の羨望と反感を買う。そうなると、真正ツァフール兄弟団に対抗する同盟が結ばれ、ふたたび殺戮がはじまるにちがいない。

この観点から考えると、さらなる流血の惨事を避けるために身をゆだねられる組織は、ひとつだけ……盲者たちである。地底深くの暗黒領域を恐れる地上世界の住人は、ツルマウストに手だししないだろう。もっとも、宿の主人が地下世界にいると知れば、盲者に対する意識も変わるかもしれないが。

最善策は、単独で行動し、だれからも所有物あるいは担保と見なされないことだ。とはいえ、これはもっとも実現困難な方法でもある。地上世界では、どのグループにも属さない場所など、どこにもないから。だれにもじゃまされず、自由に動ける中立地帯は、存在しない。

第三の方法もある。先ほどの出来ごとにより、ツァフールの理性に対する信頼が大きく揺らいだとはいえ、泉のマスターが自由に動くことの重要性を、強力組織の指導者たちに理解させることはできよう。ツァフール間の争いに巻きこまれず、任務に集中できれば、全員の利益となるのだから。おのれの使命は〝目〟の補完部品を見つけること。これが達成されれば、すぐ同胞のもとに帰還することになるが、それは同時に、ツァフールが自由を獲得するための道でもある。

いずれにせよ、ツァフールの支配者たちに、おのれが共通の利益を追求していることを理解させるべきだろう。目標達成のためには、自由な捜索活動が不可欠だと納得させるのだ。

とはいえ、この提案をどうやって支配者たちに知らせるか？　方法はふたつあった。

第一。だれかがここにあらわれるまで待つ。その者を使者として利用できるかもしれない。

第二。この近くで通信機を見つけ、ツァフールの指導者たちに呼びかける。なんといっても、ここはテクノ・ソナー兄弟団の領域だ。ムルコンの城における技術装置のほとんどがあるはず。

結局、第二の方法をとることにした。うまくいかないときは、またここにもどり、使者として利用できる者があらわれるのを待てばいい。

泉のマスターはその場をはなれた。このため、サルサパルひきいる部隊が機械ホールに足を踏みいれたとき、姿がなかったのである。

＊

ガルロッタは女王にふさわしい威厳をそなえていた。長身瘦軀《そうく》に、高齢を感じさせない若々しい衣服を着用し、精彩をはなつ身のこなしと敏捷《びんしょう》さを兼ねそなえている。肩にかかったシルバーグリーンに輝く巻き毛は、息をのむほど豊かだ。活気と知性にあふれたグレイの目に、細くとがった鼻。まさにツァフールが思いえがく、種族の母イリットの姿そのものである。

話し方も女王の風格たっぷりだ。ときおり、聴衆が理解できない言葉使いをすることもある。ボロンツォトを、横目使いのサルサパルが"太ったドブネズミ"と呼ぶのに対し、"肥満体の親分"と呼んだりした。人前で感情をあらわにすることはないが、その目と言葉の鋭さに怒りがにじみでる。

女王はすでに、二兄弟団、一団体、三組合組織、二同業組合のリーダーたちを招集していた。これまではたがいに敵対関係にあったものの、現在の〝危機的状況〟について話しあうためだ。これを断る者はひとりもいない。事態を重く見たからだろう。だれもがガルロッタを憎んできたが、この危機を打開できる唯一の存在と認めてもいる。大型宿では、真正ツァフール兄弟団に次ぐ規模の組織のリーダーだから。それだけではない。ガルロッタは生まれつきの指導者なのだ。

横目使いも同席を許された。とはいえ、賢いサルサパルは、それを特別なこととは考えない。この会議では重要な決定がくだされる。女王は、横目使いが直接、情報を得たほうがいいと考えたにすぎないだろう。

「とりくむべき点はふたつある」と、ガルロッタは説明した。「第一。ボロンツォトがテクノ・ソナー兄弟団の領域を占領するのを、未然に防ぐこと。当該領域の防衛に、それぞれどれくらいの兵力を提供できるか、のちほど教えてもらいたい。第二。宿の主人を見つけること。機械ホールでの殺戮事件のあと、影もかたちも見えないのだ。王の手に落ちたらまずい！」

サルサパルが発言をもとめ、女王がうなずく。

「ボロンツォトが宿の主人をすでに手中におさめ、どこかにかくしている可能性はありませんか？」と、横目使い。

「もちろん、ある」と、女王は応じた。「とはいえ、その可能性は非常にわずかなものだ。ボロンツォトにとり、機械ホールでの戦闘は惨敗だった。命からがら逃げのびただけで、ありがたいと思っているだろう。宿の主人を連れていく余裕はなかったはず。それだけではない。われわれ全員、ボロンツォトという男をよく知っている。もし、宿の主人が手中にあるなら、全土に向けてそう公言するはずだ……いやがらせのためだけに！」

そのあとの議論は、テクノ・ソナー兄弟団の領域を防衛するために、各組織がどの程度の戦力を提供できるかに集中する。申し出の兵力がすくなすぎると、ガルロッタはそのたびに、相手を鋭い言葉でたしなめた。ひとつ目団のリーダー、ラグリマルが兵士十人の提供を申しでたときには、

「そなたの考えはわかっている、ラグリマル。自分たちはたったひとつの目で、ふたつ、三つ、あるいは四つの目を持つ者と同様に見ることができるのだから、提供する兵力も半分でいいと思ったのだな。だが、それは考えちがいというもの！　そなたの兵士たちは、長年まともな戦いをしたことがない。よって、ひとつ目部隊が戦場で役にたとうと

すれば、三倍の兵力が必要だ」

結局、ラグリマルは兵士二十五人を提供すると訂正し、女王はこれをうけいれる。

最後に、ガルロッタはふたたび宿の主人に話をもどした。それぞれの領域境界に目を光らせ、異人を発見した場合にはただちに報告するよう、各リーダーにもとめる。

独立姉妹団の塔においてはすでにそのように手配ずみだと、サルサパルは伝えた。宿の主人は、塔の地下からツルマウストの領域にもどるにちがいない……そう踏んでいたから。

「で、予想は的中したのか?」ラグリマルが熱心にたずねる。

横目使いは軽蔑するように相手を一瞥《いちべつ》し、

「もし居場所がわかっているなら、すでにここで、宿の主人をふたたび捕らえる方法について議論しているはずではないか?」と、鼻息を荒くした。そのあと、ガルロッタに向きなおり、「いま思いついたことがあります。許しをいただければ、ためしてみたいのですが」

「この場で説明してもらえるか?」と、女王。

「はい、もちろん」と、横目使い。「先ほど陛下は、ボロンツォトがまだ宿の主人を手にいれていないと断言なさいました。異人が真正ツァフール兄弟団の領域におらず、われわれの塔にももどってこなかったとなれば、捜索対象となるのはただ一カ所……テクノ・ソナー兄弟団の領域でしょう。わたしは、ここの捜索をみずから指揮したいと思います」

「許可する」と、ガルロッタは寛大に応じた。

＊

パンカ＝スクリンは、テクノ・ソナー兄弟団の領域を進むうち、まるでおとぎ話の世界に迷いこんだ気分になった。ツァフールの技術は多様で大規模だが、ひどく古めかしいものである。泉のマスターの経験豊かな目は、それを見逃さない。これで、当初からいだいていた疑念が確信に変わった。ツァフールはここで独自の技術を発展させたわけではなく、ムルコンがのこしたものを利用しているだけなのだ。

ツァフールの祖先は宇宙の放浪種族である。銀河間の宙航技術をすこしは理解したかもしれないが、独自のテクノロジーを持ち、みずから研究していたかどうかは疑問だ。たとえそうだったとしても、ムルコンが殺されたか追放されたあと、短期間のうちに、種族独自の知識と研究意欲を失ったにちがいない。その子孫はムルコンの技術を学び、おのれの目的のために利用した。使用法は習得したものの、原理を理解するまでにはいたらなかったのだろう。ヴァジランの部下が建造中だった機械を見れば、はっきりわかる。完成したところで、なんの役にもたたないような代物ばかりだ。

やがて、テクノ・ソナー兄弟団がグレイの使者と呼ぶロボット船が発着する、大プラットフォームに到達した。巨大な金属平面で、いまいる手前側を建物の一部がドーム型におおっている。工廠《こうしょう》があり、危険な境界で破損したグレイの使者を補充するため、ロボット船が製造されていた。ここでも、ツァフールがみずからつくりだしたものは、なにもない。工廠は完全自動制御だ。いつの時代か不明だが、ヴァジランの前任者のだれかが、適切なボタンを押すことを学んだのだろう。あとは装置がすべて処理したにちがいない。

小惑星をくまなく調査すれば、だれでもはっきりわかるはず。ツァフールという種族は、数百万年前の技術に依存しているのだ……完璧に機能するが、自分たちは理解できない技術に。すくなくとも、パンカ＝スクリンはそう考える。

〝ムルコンの城〟と呼ばれる小惑星には、大気をとどめておくだけの重力がない。つまり、人工重力フィールドにつつまれているわけだ。そのためのジェネレーターとプロジェクターは、ツルマウストの帝国よりさらに下にあたる、地下の奥深く……小惑星の中心近くにあるにちがいない。これまで数百万年間、休みなく作動してきたとはいえ、突然に停止したらどうなるのか？　修理できる者はいない。人工重力フィールドの崩壊は、同時にツァフールの滅亡を意味するだろう。

アークアロヴとイリットの子孫は、ほかの点でもムルコンの装置に依存していた。城では食糧や生活必需品が不足することはないようだが、これまで、植物の栽培地や動物の飼育地を見たことがない。ツァフールはどのように飲食物を調達しているのか？　まちがいなく、太古の装置を使って合成しているのだ。その原料に、かぎりはないのか？　今後の百万年間も、これまで同様、順調に機能するだろうか？

泉のマスターは結論にいたった。おのれがツァフールなら、過密状態の城から逃げだす算段をする前に、ほかの心配をするだろう。

＊

歩きまわったすえ、とうとう、大小さまざまな装置をそなえた一室を見つけた。ここなら通信機もありそうだ。いくつか調べて、予想が正しかったと判明。大型装置は長距離用だろう。五次元エネルギーを使用しているらしい。これを作動させ、ルーワーに連絡をとろうかとしばらく考えたが、結局やめることにした。目標に到達する見こみが低すぎるから。

いくつかの小型機器は電磁波を用いるものだ。短距離、つまり城内用である。パンカ＝スクリンはこれらの機器にとくに注目した。装置に多数の文字が記されているものの、ツァフール語は理解できない。ムルコン自身が使っていた文字かもしれないが、同じことだ。そこで、送信機のアンテナを調べた。ついに、広範囲におよぶ放射を発生する一アンテナを発見。送信機を作動させれば、アンテナが頂角の大きな円錐型の放射を発する。小惑星全体にいきわたるだろう。

これで目標に大きく近づいた。こんどは、送信機の操作方法を確認する。どれほど長いあいだ使用されていなかったかは、だれにもわからない。それでも、メイン・スイッチをいれるとすぐに、制御コンソールの一連のランプが点灯し、ほっとした。同時に、輝くエネルギー・リングがコンソール上に出現する。マイクにちがいない。手探りで音量調節装置も見つけた。サルサパルから借りた小型トランスレーターを、輝くマイクのすぐ前によせ、話しはじめる。

「ツァフールの諸君に……とりわけ、兄弟団や組合のリーダーたちに告ぐ！　わたしは、諸君が宿の主人と呼ぶ者だ。いま起きている争いの対象でもある。

はじめにいっておくが、わたしは宿の主人ではない。いまのところ、諸君と同様わたしも、大型宿を脱出する方法を知らないのだ。とはいえ、方法を見つけられると確信している。より正確にいうと、見つけなければならない。なぜなら、外の〝非存在空間〟で、わが同胞がわたしの帰還を待っているから。

それについて、諸君と話したい……」

つづいて、泉のマスターは自身が置かれている状況について語った。大型宿の秘密を探ることが不可欠だと話す。自分の持つ知識があれば、ムルコンの城にかくされた謎はすべて解明できるが、そのためにはじゃまされずに調査する必要があることも述べた。さらに、各グループのリーダーたちの理性に訴え、すべての争いを忘れて協力してほしいと要請する。

それは、誠意あふれた演説であった。ツァフールに理性をとりもどさせると同時に、その心の琴線《きんせん》に触れるものがあるとしたら、泉のマスターのこの言葉以外にはなかっただろう。

パンカ＝スクリンは最後にこう締めくくった。

「わが提案に同意するなら、ここに集まり、詳細を相談しようではないか！　テクノ・ソナー兄弟団がグレイの使者を建造する工廠にきてもらいたい。わたしはそこにいる！」

7

泉のマスターの言葉は、大型宿のホールというホールに響きわたった。ツァフールたちは耳をかたむけ、声の主を探すが、見あたらない。のちに、この不思議な出来ごとが話題にのぼると、全員がその声を聞いていたと判明……当時、どこにいたかには関係なく。奇蹟としか思えない。

大型宿じゅうに声が響いたのだ！ 異人は、ツァフール全員に同時に話しかけたということ！

パンカ＝スクリン本人はもちろん、ツァフールがおのれの呼びかけを奇蹟とみなすとは考えていなかった。泉のマスターにとり、電磁波やハイパーエネルギーを用いた通信は、あまりに日常的なもの。それに関して、ムルコンの城の住民が異なった感情をいだくとは、思いもよらなかったのだ。

だが、テクノ・ソナー兄弟団の通信装置は、ムルコンが消えたのち、一度も利用されたことがなかったのである。突然、あらゆる壁の隙間や岩石の裂け目から声が聞こえてきたのだから、ツァフールにとっては理解不能な奇蹟の現象といっていい。大部分の受信機は見えないように設置されていたが、声を発する箱を特定できたとしても、それが摩訶不思議《まかふしぎ》な物体であることに変わりはないだろう。

こうして奇蹟に呪縛された結果、ほとんどのツァフールはパンカ＝スクリンの言葉をうわの空で聞いたもの。出来ごとの不思議さばかりに気をとられ、メッセージの内容を理解できなかったのだ。だが、もちろん例外もある。ツァフールがリーダーと認めた者の多くは、この奇蹟の重要性を認識できる充分な理性を持っていた。部屋の壁から聞こえてくる声を言葉として傾聴し、その内容を理解したのである。もっとも、すべてを理解したわけではなく、なにか不思議なこと、理解しがたいことが起きたという感情に圧倒されていた。友好的な言葉で述べられた演説とはいえ、全ツァフールに同時に話しかけた存在の、恐るべき力を感じて。

ボロンツォトの反応は典型的であった。王は側近にかこまれて、パンカ＝スクリンの声を聞いたもの。声がやみ、うけた衝撃から立ちなおると、真正ツァフール兄弟団の支配者はこういったのだ。

「これで異人の力がわかっただろう。宿の主人ではないと主張するが、きみたちにたずねたい。宿の主人以外のだれが、このような方法で全員に語りかけることができるのか？　まちがいなく、あの異人こそ宿の主人だ！　早く捕まえれば捕まえるほど、われわれに有利となる！」

女王ガルロッタは自室でメッセージを受け、深い感銘をうけた。この異人については、これまでサルサパルの報告を通じてのみ情報を得てきたのだが、そのさい、横目使いが異人に対していだく敬意に、いささか影響されたもの。今回は感銘をうけたと同時に、異人がリスクを承知のうえで潜伏先を明かしたことも、理解したのである。

ボロンツォトは可及的すみやかに、宿の主人を捕らえようとするにちがいない。テクノ・ソナー兄弟団を潰滅させ、ほかのグループすべてを敵にまわしたいま、身を守るための人質が必要だから。女王はただちに計画を変更した。同盟者からの援軍がすべて到着するまで待つわけにはいかない。ただちに出兵し、ボロンツォトが異人に手だしできないよう、テクノ・ソナー兄弟団の領域を閉鎖しよう。

一方、横目使いは、部隊をしたがえてテクノ・ソナー兄弟団の領域に足を踏みいれたとき、見えないスピーカーから突然に流れる声を聞いた。呼びかけに注意深く耳をかたむける。隊員数人が驚いて逃げだしたり、かくれたりしても、ほうっておいた。

パンカ＝スクリンの話が終わると、

「哀れな道化《どうけ》だ！　ツァフールの善意をいまだに信じているとは！」と、つぶやく。

それから配下の戦士を集め、説明した。

「今後の任務は危険きわまるものとなるだろう。ボロンツォトは宿の主人の居場所を知った。やつの部下がいつあらわれてもおかしくない。異人を可及的すみやかに発見し、身柄の安全を確保することが重要だ！」

＊

サルサパルのきびしい指摘どおり、ツァフールの本質を見きわめるという点では、たしかに泉のマスターは道化であろう。とはいえ、提案場所でただ待っていればツァフールの派遣団が順番にやってくると考えるほど、単純ではない。

工廠を選んだのは、ひとつはだれもが知る場所だからだが、ほかにも理由がある。テクノ・ソナー兄弟団が宇宙船を建造するこの場所には、掩体がたくさんあるからだ。ツァフールの善意のみをあてにするつもりはない。みずから姿をあらわす前に、まず相手を観察するのだ。

もっとも、とりあえずはまだ時間があるだろう。そこで、周囲を見てまわることにした。すると、工廠のすみに円盤艇二機を発見。テクノ・ソナー兄弟団がプラットフォームの先端に移動するさい、利用するものにちがいない。そのうちの一機に乗りこみ、制御方法を調べた。複雑ではない。なんなく円盤艇を浮遊させ、ひろいプラットフォームを宇宙に向かって先端まで移動。そこで停止させると、艇から出ることなく、周囲を観察する。

頭上の天空は黒い。ムルコンの城をつつむ大気は薄く、恒星光にふくまれる高周波が散乱するため、空を色づけするには不充分なのだ。パンカ＝スクリンは恒星のひとつひとつに視線をうつした。それほど多くない。恒星のすくない宙域にあるのだろう。

これらの恒星が、宇宙の城を捜索するさい《リーステルバアル》から見たものと同じであるか、考えてみる。指揮船は移動中に常時、資料を自動作成しているから、それがあれば答えはすぐわかるだろう。だが、《リーステルバアル》は、はるかかなただ。パンカ＝スクリンの視覚がいかにすぐれていようと、恒星を正確に特定する唯一の特徴であるスペクトルを見わけるのは、不可能というもの。

それにしても、《リーステルバアル》の探知機が、ムルコンの城やほかの宇宙の城六つを発見できなかったのは、なぜだろう？　泉のマスターの船は、物質の泉のごく近傍にいた。強者の城も同一宙域にある。ムルコンの城は、全長七十キロメートル以上の小惑星だ。そもそも《リーステルバアル》の走査機は、直径数メートルの物体でも、数光年はなれた距離から捕捉可能なはず。それに捜索のため、パンカ＝スクリンが科学者に特別につくらせた超高感度機器の性能は、とりわけすぐれている。なのに、なぜムルコンの城を探知できなかったのか？

この謎を思索だけで解明できないことは明らかである。手がかりが必要だ。その手がかりがムルコンの城のどこかにあると、泉のマスターは信じていた。

ここで、ツァフールに対する提案に思考をもどす。円盤艇をふたたび発進させ、プラットフォーム後方の工廠に向かった。

工廠内部を見わたせて、かつ、相手からは見えないかくれ場を探さなければ。テクノ・ソナー兄弟団は建設中のロボット船二隻をのこしていた。長さ五百メートルあまりの巨大な楕円形で、太い金属製支柱で固定されている。両船とも、外側にまだ多くの隙間が見られた。結局、ホールの奥にあるほうの船を監視場所として選ぶ。床から船の下部までは二十メートルほどで、ひろい斜路が二本つづいていた。好条件とはいえない。不意打ちを避けるには、工廠の床面だけでなく斜路二本も見張る必要があるから。とはいえ、どうしようもなかった。

掩体にかくれる前に、好奇心にかられ、自動工廠機器を制御する操作コンソールを調べる。建設中の船二隻を支える金属製支柱は、多数の異質な機器にかこまれていた。強者ムルコンの工廠技術に興味をそそられ、操作コンソールのスイッチ数個に慎重に触れてみる。

ただちに、工廠の機器全体が息を吹きかえした。柔軟な作業アームが巨大なカバープレートを床から持ちあげ、大型船外殻の所定の位置に移動させる。空気が震えた。触手型の溶接機器が、船の側面に向かって大蛇のように頭をもたげ、とりつけずみのプレートにつながるよう、骨格と溶接する。鋭い笛のような音が響き、空気中にオゾンの匂いが満ちた。

パンカ＝スクリンはもの思いにふけりながら、太古の技術で動く機器をしばらく観察する。巨大な設備だが、フィールド・エネルギー技術ではなく、おもに力学的技術を利用しているようだ。スイッチを切ると、工廠機器は動きをやめ、騒音がやんだ。

ふたつある斜路のひとつをたどり、建設中の船体へ向かう。最下層デッキで、工廠を一望できる場所を発見。そこで可能なかぎり、くつろぐことにした。これから、どれほど待つことになるか、わからないのだから。

8

サルサパルひきいる部隊は、細心の注意をはらいながら移動した。俊足プリットと若い女ふたりが斥候をつとめ、つねに部隊の百から二百メートル先を行く。横目使いは、斥候が安全を確認してはじめて、部隊を進めた。

大プラットフォームの入口までせいぜい五分の距離に到達したとき、プリットが興奮したようすでもどり、

「正体不明のグループが横から近づいてきます！」と、報告する。

「ボロンツォトの部隊か？」と、横目使い。

「音を聞いただけです。掩体がなかったので、可及的すみやかにもどりました」

「どうにかして確認できるはずだが！」サルサパルはうなった。

「手段はあります」と、俊足が説明。「ですが、迂回しなければなりません。工廠の奥の壁にバルコニーのようなものがあり、そこにつづく通廊が、ここからそう遠くないところにあります」

サルサパルはすばやく決定をくだし、道順を説明させた。戦士たちには、けっして発見されないよう、掩体にかくれろと命じる。それから、プリットとともに通廊を進み、ほぼ十分後には、工廠の壁に直接設置されたバルコニーに到着。背の高い胸壁にかこまれており、そこから工廠を一望できる。近くには、巨大な建設中の船が二隻、前後にならんでいた。

バルコニーの高さは工廠の床からほぼ二百メートル。つまり、巨大宇宙船二隻の中央デッキとほぼ同じ高さにある。

サルサパルは切らした息をととのえる間もなく、すぐに胸壁から可能なかぎり身を乗りだした。眼下を見わたし、ホールの床を動く影を三つ発見。服装から、真正ツァフール兄弟団の兵士だとわかる。工廠の奥から出てきて、あらゆる掩体を巧みに利用しながら、巨大船に向かっていく。

ボロンツォトの斥候だ。主部隊が侵攻する前に、偵察するつもりだろう。宿の主人の居場所をつきとめ、危険な敵がいないか確認する任務を負っているにちがいない。

これは、プリットが先ほど言及したグループではなさそうだ。遠くからでも俊足がその音を聞いたわけだから、ここの慎重な斥候たちよりも無頓着に動いていたはず。そのグループは数分後に到達するだろうと、横目使いは予想した。突然、べつの部隊が出現したら、王の斥候はどう対応するだろう。それにより、ボロンツォトの戦力を推測できるかもしれない。

だがその前に、斥候たちに動きがある。先頭の男が建設中のロボット船につづく急な斜路に到達した。そこに掩体はなく、全方向からまる見えだ。そのリスクがわかったのか、男はしばらく躊躇《ちゅうちょ》していたが、とうとう全速力で走りだし、船の外殻までいっきに斜路を駆けのぼると、そのまま船内に消えた。そのあいだ、のこったふたりは固唾《かたず》をのんだようすで、仲間を見守る。援護が必要になれば、ただちに駆けつけるつもりだろう。

数分後、勇敢な男はふたたび斜路の上端にあらわれた。待機していた仲間ふたりが掩体から姿をあらわしたのを見つけて、合図を送っている。そのただならぬようすから、横目使いにはすぐにわかった。建造中の宇宙船内で、重要ななにかを発見したにちがいない。

男は斜路を駆けのぼったときと同様、大急ぎでおりてきた。身ぶり手ぶりを多くまじえ、仲間ふたりと手短かに話している。斥候三人はすぐに工廠の出口に向かった。目的を達したことは明らかである。ターゲットを見つけたのだ。ボロンツォトに報告し、主部隊を呼びよせるつもりだろう。

三人がサルサパルの視界から消えるとほぼ同時に、左方から騒がしい音が聞こえてきた。声が響き、四十人ほどの男女からなる部隊が出現。ボロンツォトの斥候に気づくことも、逆に相手から見つかることもなかったようだ。

「あの裏切り者！」横目使いはうなった。「女王にはたった十人しか提供できないといっておきながら、みずから四十人をひきいてくるとは！」

「だれのことです？」と、プリット。

「ラグリマルさ」と、サルサパルが応じる。「裏切りの報いをうけるがいい。ボロンツォトがあらわれたら、やつは終わりだ！」

＊

横目使いは、いま目にしたことを俊足に話した。

「宿の主人が建設中の宇宙船内にいるのはまちがいない。斥候はパンカ＝スクリンを発見したのだろう。相手に気づかれることなく」

「ならば、助けにいきましょう」と、プリット。

「で、ひとつ目はどうする？」

若い女はなんでもないといわんばかりに、

「連中は四十人。われわれより十人多いだけです。かんたんに倒せますよ！」

「わかった。だが、ボロンツォトはどうしたものか。すぐにでもあらわれるぞ！」

「そのほうがやっかいですね」と、プリットがうなずく。「大軍をひきいてくるでしょう。それがあの男のやり方ですから」

「そのとおり。だから、いまは動けない。とはいえ、こちらに有利な材料もある。われわれの存在にだれも気づいていないことだ。ボロンツォトは工廠に到達したら、まずひとつ目を相手に戦うことになる。その混乱に乗じて、宿の主人を宇宙船から連れだし、安全な場所に移動させるのだ」

「それは名案ですね」俊足プリットが同意した。

「名案かどうかは、まだわからないが」と、横目使い。「いずれにせよ、この状況では、ほかに打つ手はなさそうだ」

女ふたりは、時が訪れるのを待った。ひとつ目団はすでに散開し、異人の捜索を開始している。ラグリマルの兵士たちが迫りくる危険に気づくようすは、まったくない。自分たち以外にも宿の主人に関心を持つ者がいるなど、考えもしないようだ。大声をあげながら、情報を交換しあっている。それでも、建設中の宇宙船内を捜索しようとは、だれも思いつかないらしい。

「いったん戦闘となれば、時間はなさそうだ」サルサパルは案じるようにつぶやいた。

「この、でくの坊たちでは、ボロンツォトの相手にならない。短時間で決着がつくだろう。パンカ＝スクリンを安全な場所にうつすための時間は、せいぜい数分程度といったところ」

すこし考えてから、プリットに命じる……待機している女たちのもとにもどり、現況と計画を伝えるようにと。そのときが訪れたら、一刻の猶予もない。それぞれが各自の任務を自覚しなければ。

俊足は命令を実行し、半時間もたたないうちにもどってきた。主部隊の戦闘準備がととのったと報告する。

まもなく、工廠内に散開したひとつ目団が、捜索を急に中断した。聞き耳を立て、工廠の奥に注意を向けている。そこから、

「何者かに先をこされたようだ。犬どもめ。やっつけろ!」と、はげしく叫ぶ声が聞こえたのだ。

サルサパルはプリットを意味ありげに見つめ、

「ボロンツォトの声だ! 行くぞ!」

＊

パンカ＝スクリンは、時間がたつにつれて不安にかられた。呼びかけに対し、いつまでたっても反応がないのはなぜだ? おのれの誠意を疑っているのか。すくなくとも、状況を確認するために偵察をよこしてもよさそうなものだが。そうすれば、直接こちらに質問もできるし、計画の詳細を知ることも可能だというのに。

ようやく答えに思いあたり、深い絶望感に見舞われる。ツァフールの態度は、完全に

非実現態的なものだったのだ。だから、かれらの反応が鈍い理由を思いつくのに、これほど長くかかったのである。泉のマスターにとっては、そのような可能性を考えること自体、無理があった。

実際、交渉のための代表団を送るだけなら、わずか数分で充分だろう。メッセージの内容を考慮する時間と、工廠までの移動時間を考えれば、泉のマスターがかくれ場を見つけたころに、第一陣が到着したはず。

だが、戦闘部隊の編成となれば、そうはいかない。はるかに多くの時間が必要だ。兵士を集め、武装させ、さらに戦略を練るのだから。一時間……あるいはもっとかかるかもしれない。つまり、いまはその段階にあるということ。ツァフールは交渉するのではなく、おのれを拘束するつもりなのだ！

苦々しい。判断を誤っていた。目標達成のためには、宿の主人を捕まえて強制的にしたがわせるしかないと、ツァフールは思いこんでいる。その耳に、理性の言葉など、まったくとどかないのだろう。

とはいえ、泉のマスターにとり、苦々しさや失望はおのれの目的をあきらめる理由にはならない。方針を変更するまでだ。これからは、相互利益のために協力しあって解決策を模索するのではなく、単独で行動するしかない。

ムルコンの城にかくされた秘密を解く鍵は、小惑星の地底深くにあると確信している。

地下世界にもどろう。だが、ツルマウストの帝国にではない。シグナルドとともに調査するつもりだった、あの漏斗をとおって、より深くもぐるのだ。あのときは、ヴァジランがテクノ・ソナー兄弟団をひきいて突然あらわれたため、中断を余儀なくされたのだったが。

まずは、この工廠とテクノ・ソナー兄弟団の領域をぬけだす必要がある。思いちがいでなければ、すぐにもツァフールであふれかえるはず。

パンカ＝スクリンは、ここにくるとき使った斜路に向かって急いだ。そのとき、船の反対側でなにか動きを感じて、そちらに向かう。建造中の船につづく第二の斜路の上端が見えるまで、身を乗りだした。なにも怪しいようすはない。

だが、船をはなれようとしたとき、下から騒音が聞こえた。注意深くのぞきこむと、四十人ほどの集団が目に飛びこんでくる。工廠を捜索するつもりのようだ。ならんだ機械のあいだを移動し、注意深く周囲を見まわしている。棍棒のたぐいの武器を携えており、全員がひとつ目だ。そのようすから、交渉にきたようにはとても見えない。明らかに、宿の主人を拘束しようと探しまわっている。

つまり、退路は断たれたということ。掩体にもどり、ひきつづき外を見張った。十数分後、突然に工廠内が興奮につつまれ、はげしい叫び声が響く。ひとつ目は捜索を中断し、武器を振りまわしながら集団をつくった。べつのグループが工廠にはいってくる。

ひとつ目を敵とみなしているようだ。間髪いれずに襲いかかり、すぐにはげしい戦闘がはじまった。

チャンスだ。この大混乱に乗じ、気づかれずに脱出できるだろう。ふたたび、斜路に急ぐ。こんどは建設中の船の反対側の斜路だ。ところが、出口に到達する前に、ツァフールふたりが目の前に出現。槍で武装している。色とりどりの服装から、王ボロンツォトの兵士だとわかった。

兵士は泉のマスターに気づくと、槍をかまえて立ちどまる。パンカ＝スクリンは逃走を考えたが、足の速いツァフールから逃れるのは不可能だろう。

「なにが望みだ？」と、たずねてみる。

「ボロンツォトは、あなたがいなくなり、寂しがっています。そばにいてほしいと」と、ひとりの兵士が答えた。「王のもとにお連れします」

「わたしがそれを望まない場合は？」と、パンカ＝スクリン。

「あなたの指図はうけません」兵士はくぐもった声で応じる。「われわれ、王の命令にしたがうまで！」

＊

パンカ＝スクリンが兵士ふたりに護衛され、斜路に出ると、巨大工廠は戦いの喧噪《けんそう》にあふれていた。ツァフールふたりは、捕虜が逃げだすことはないと確信しているようだ。戦闘の混乱に注意を向けながらも、急いで斜路をおりようと、いらいらしながら泉のマスターをせかす。パンカ＝スクリンのほうは、ふたりに歩調をあわせるのに苦労していた。

そのとき、斜路の下方に、棍棒を振りまわす一団が出現。パンカ＝スクリンは驚きながらも、それが横目使いのサルサパルだとわかった。

「不当に宿の主人を拘束しようとした報いをうけるがいい！」独立姉妹団のリーダーが怒声を浴びせかける。

女戦士たちが勢いよく斜路をのぼってきた。ボロンツォトの兵士ふたりはショックを克服する間もなく、とりかこまれ、棍棒で殴られる。ひとりは斜路のはしでバランスを失って滑り、叫び声をあげながら落下した。

もうひとりの兵士は、がむしゃらに武器を振りまわし、怒り狂った女たちから身を守ろうとしている。この機に乗じようと、泉のマスターはわざと転倒し、斜路を転がりおちた。快適とはいえないが、これならすばやく移動できる。ルーワーのからだは、ヒューマノイドよりも頑丈で柔軟なのだ。

速度を増しながら、斜路ののこり四分の一を転がりおちる。はるか上部では、おのれを拘束しようとした兵士がひとり、数でうわまわる女たちにまだ抵抗をつづけていた。

転落した仲間の叫び声を聞いて援軍が駆けつけたので、あらたに勇気を奮いおこしたようだ。

パンカ＝スクリンは斜路の終点まで転がり、そのまま、かなりの勢いで一機器に衝突する。強烈な痛みがはしるが、実現態による自己暗示でこらえ、勢いよく立ちあがった。ひとつ目団、真正ツァフール兄弟団、そして後方から突然あらわれた独立姉妹団の戦闘が、広範囲で繰りひろげられている。ボロンツォトの兵士が八ないし十人、斜路を急いでのぼり、リーダーの危機を察した女たちが一ダース、そのあとを追った。ほかの場所では、女戦士がひとつ目と連携し、ボロンツォト軍にはげしく抵抗して追いかえすようすも見られる。

状況は混乱をきわめていた。そのぶん、滑稽ともいえる。戦士たちが追いもとめている当の本人は、戦いにまったく関与せず、混乱に乗じて逃走するという目標をほぼ達成したのだから。ツァフールは戦いに没頭するあまり、ターゲットがそっと逃げだしたことにも気づいていない。

混乱の増幅に、パンカ＝スクリン自身もひと役買った。操作コンソールにしのびより、一連の機器を作動させたのだ。巨大な装置が大音響とともに息を吹きかえす。柔軟な把握アームのグリップが大型鋼板をつかみ、ロボット船の壁にそって持ちあげた。溶接機器のケーブルが外殻を這い、甲高い機械音が戦闘の喧噪にまじる。

混乱が最高潮に達したとき、泉のマスターは気づかれずに円盤艇に乗りこんだ。先ほど、巨大プラットフォームの先端まで飛んだマシンだ。艇を発進させ、騒音を発する巨大な工廠機器のあいだを低空飛行ですりぬけると、着陸床の先端に向かって移動する。まだだれにも気づかれていないようだ。

逃避行の最終的な目的地は、予測がつかない。とりあえず、興奮したツァフールの手がとどかないところに逃れよう。そののち、ふたたびもどればいい。血まみれの争いを生きのびた者があれば、おのれを探すのはまちがいないが、捜索は長くはつづかないだろう。追っ手から一時間ほど身をかくすことができれば、ほぼ安全だ。

プラットフォームのほぼ中央までくると、大きな弧を描いてふたたびひきかえした。頭上では太陽灯が輝き、着陸床を銀色の光でつつむ。プラットフォームの工廠部分をおおう建物の手前で、円盤艇を上昇させた。小惑星をつつむ大気層の厚さが不明なので、つねに建物の壁にそって飛ぶ。

建物の壁に窓はなく、はじめのうちは区切りも見えなかった。太陽灯二基をやりすごし、ようやく、建物の壁にテラスのようなはりだし部が見られる一画に到達。いちばん高いところに位置するテラスは、幅十メートルほどだ。

パンカ＝スクリンはここに円盤艇を着陸させた。プラットフォームから二キロメートルほどの高さにあたる。テラスの縁から身を乗りだすと、眼下にひろい着陸床が見えた。

とはいえ、下から見あげれば太陽灯二基の光で目がくらみ、こちらを見つけるのは不可能だろう。

ここで待つことにした。周囲はおとぎ話の世界のようにひっそりしている。下からはなんの音もしない。どれほどの激戦でも、二キロメートル上空まで騒音はとどかないようだ。

一時間が経過。これまで、下方ではなにも動きがなかったが、いまはちいさな点の塊りが工廠からあらわれ、着陸床に散っていくのが見える。戦いに決着がついたのだろう。勝者は獲物がいないことに気づき、探しはじめたにちがいない。

この距離からでは、だれが勝者なのかわからないが、横目使いのサルサパルが生きのびてくれたらいいと思う。地上世界の住人のなかでは、彼女にもっとも好感をいだいていた。

パンカ＝スクリンは振りかえり……驚いた。背後に人影がひとつ、音もたてずにあらわれたのである。ツァフールの男だ。高齢で、中背のがっしりした体格。短く刈られた髪はつやのないグレイで、ひと筋の銀色が光っている。ツァフールの多くが、突然変異によりヒューマノイドの姿を逸脱しているが、この男は影響をうけていないようだ。それでも、歩くようすを見た泉のマスターは、相手が片足をひきずっていることに気づいた。

「きみはだれだ?」と、たずねてみる。

「〝足ひきずりのタンタ〟と呼ばれています」と、答えがあった。「驚かせたのなら、申しわけありません」

「わたしは、そうかんたんには驚かない」と、パンカ＝スクリン。「ここに住んでいるのか?」

「いえ。あなたを探していたのです。姿を見つけ、慎重に追ってきました」

「きみが……わたしを? なんのために?」

「ツァフールの伝説に興味をお持ちと聞いたので。そこでたずねますが、アークアロヴの轟音マスターにまつわる伝説をご存じですか?」

泉のマスターは、なにかひっかかるものを感じながらも、こう応じた。

「それほど多くは知らないが、ときおり地震を起こすとか……」

いいかけて口をつぐみ、視覚器官をツァフールに向ける。突然、あることを思いだしたのだ。

「きみは、轟音マスターの名前を知っているのか」と、いってみる。

「それを知る者はほとんどいません」と、タンタ。「パールキアンという名ですが」

パンカ＝スクリンは、しばらく考えこむように相手を見つめた。ついに口を開き、

「シグナルドがきみをよこしたのか?」

「あなたの安全を守るよう、シグナルドからたのまれました」と、タンタ。「どうやら、追われているようですね。わたしは追っ手をまく方法を知っています。信じてくださるなら……」

「案内してくれ、友よ！」パンカ＝スクリンは相手の言葉をさえぎった。「きみを全面的に信頼しよう！」

あとがきにかえて

林　啓子

　恩師、岩淵達治先生を偲ぶ会が来月七月七日、学習院創立百周年記念会館正堂にて開かれる。先生は今年二月七日、外出中に池袋駅付近で突然倒れ、そのまま帰らぬ人となった。享年八十五歳。

　代表作『三文オペラ』などで著名なドイツの劇作家ブレヒト研究の第一人者で、一九九九年『ブレヒト戯曲全集』の翻訳で日本翻訳文化賞、湯浅芳子賞、レッシング翻訳賞を受賞。二〇一二年、瑞宝中綬章叙勲。演劇の研究、評論で国際的に知られ、生涯を通して演劇人として幅広く活躍なさり、多くの舞台演出を手がけた。

『ブレヒト演劇の現在　ブチ氏のアンコール』と題された追悼式は、桐朋学園演劇科ゆかりのメンバーを中心に企画されている。岩淵先生の足跡をご自身が演劇的に再構成なさった個人史ともいうべきものになるらしい。「よくよく考えれば、岩淵さん自身に因む会ならば、きっと率先してご自身が構成し、ボクが演出するよ、といっていただけたはず（中略）当日は都合が悪く、たまたま岩淵先生がいらっしゃらないだけ。いつの間にか客席に座っていらっしゃっても不思議じゃない……」そんな会をめざして、現在準備が進められているそうだ。

こうして生涯の功績をあらためて振り返ってみると、まさに偉人そのものだが、ふだんは（毒舌でも）優しく気のいいおじいちゃまだった。もっともその記憶力は抜群で、授業後のお茶会で昔話をうかがうたびに舌を巻いた。パソコンもこなし、熱心な質問を浴びせかけられることもたびたび。当初は携帯電話でのやりとりだったが、あるとき「林さんに電話したら、知らない外人が出たから、びっくりして切っちゃったよ」と、いわれた。仕事柄、留守電の自動音声を英語設定にしているせいか……？　それ以来、帰宅時間をみはからって自宅に電話をいただくようになる。ナンバー・ディスプレイに表示される先生の名前を見て「はい。サポートデスクです！」と、電話に出れば、嬉しそうに笑ってくださった。その元気なお声がいまも耳に残っている。

ブレヒトはその作品内で「科学の目的とは無限の英知への扉を開くことではなく、無限の誤謬にひとつの終止符を打ってゆくことだ」「英雄のいない時代は不幸だが、英雄を必要とする時代はもっと不幸だ」など、数々の名言を残している。

岩淵先生もしかり。ドイツ政府委託機関の現代ドイツ文学翻訳コンテストで長年審査委員長を務めていらしたが、表彰式では「えい！　ハトヤに決めた！」という伝説の名言をのこした。これは「訳者たるもの、自分でもわけがわからないようなあいまいな訳をしてはならない。たとえ、原文がどう解釈できようとも、腹をくくって潔い訳をすべきだ」という趣旨のもの。口癖の「絶望的な訳」をはじめ、「原文が浮かぶような翻訳はするな」「つねに原文に立ち返れ」など、エピソードを交えた岩淵語録をいつかご紹介したいと思う。

拙訳本をお送りするたび、到着したその日のうちにかならず目を通し、翌日には的確なアドヴァイスをくださった。とてもまねできない偉業のひとつだと思う。原文を読まなくとも翻訳だけで、作家に対する私の得手不得手をずばり見抜かれた。そんなことまでわかってしまうのかと、先生の千里眼に驚かされたことも数えきれない。

まもなく発刊されるこの四五二巻はもう先生にお届けすることができない……そう思うと、淋しいかぎりだ。つぎの四五九巻は私の担当巻史上、もっとも面白い話だというのに……

天国（にいるはず）の先生に「こんな絶望的な翻訳をするようではボクの教え子ではない」と、破門されることのないよう、精進したいと思う。この十五年間、ご指導いただいたすべてをしっかりと胸に刻みながら。

訳者略歴　獨協大学外国語学部ドイツ語学科卒，外資系メーカー勤務，通訳・翻訳家　訳書『ルーワー登場』マール＆ヴルチェク（早川書房刊），『えほんはしずかによむもの』ゲンメル他多数

HM=Hayakawa Mystery
SF=Science Fiction
JA=Japanese Author
NV=Novel
NF=Nonfiction
FT=Fantasy

宇宙英雄ローダン・シリーズ〈452〉

ムルコンの城《しろ》

〈SF1907〉

二〇一三年七月　十　日　印刷
二〇一三年七月十五日　発行
（定価はカバーに表示してあります）

著　者　クルト・マール
訳　者　林《はやし》　啓《けい》　子《こ》
発行者　早　川　　浩
発行所　株式会社　早　川　書　房
郵便番号　一〇一 - 〇〇四六
東京都千代田区神田多町二ノ二
電話　〇三 - 三二五二 - 三一一一（大代表）
振替　〇〇一六〇 - 三 - 四七七九九
http://www.hayakawa-online.co.jp

乱丁・落丁本は小社制作部宛お送り下さい。
送料小社負担にてお取りかえいたします。

印刷・信毎書籍印刷株式会社　製本・株式会社川島製本所
Printed and bound in Japan
ISBN978-4-15-011907-2 C0197